平林たい子

社会主義と女性をめぐる表象

グプタ スウィーティ
Sweety Gupta

翰林書房

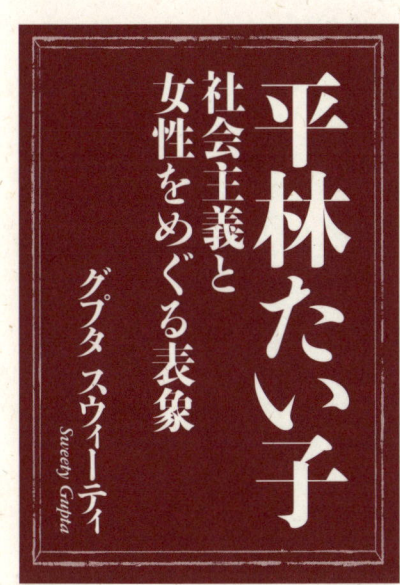

平林たい子——社会主義と女性をめぐる表象——◎目次

凡例

（一）年号表記は、原則として西暦を記し、必要に応じて和暦を併記した。

（二）単行本・新聞・雑誌・作品名は『　』、引用語句は「　」、キーワードは〈　〉で示した。

（三）テクストは、『平林たい子全集』全一二巻（潮出版、一九七六・九〜一九七九・九）を用い、引用もこれに拠った。引用文のルビは、必要なもののみを残して省略した。

（四）参考資料等については、原文のままを原則とした。

（五）引用文中の傍線は、すべて引用者による。

平林たい子——社会主義と女性をめぐる表象

はじめに

　平林たい子は同時代の作家達と比べて文学的力量があると言われてきた[1]にもかかわらず、研究対象として取り扱われることは少なかった。作家論はある程度あるものの、作品論・テクスト論は代表作を除いて、ほとんど未開拓のまま放置されているといってよい。近年、小林多喜二『蟹工船』が注目されたことを契機として、プロレタリア文学が再読されるようになった。その波に乗り、たい子文学にも多少目が向けられるようになったが、代表作が単発的に論じられるに過ぎず、埋もれていた小説に光を当てようとする動きもあまり見られない。このような現状を踏まえると、女性文学史においても、プロレタリア文学史においても、たい子文学の位置付けを捉え直すことが重要な課題であると考える。

　たい子は父の代に家が没落し、幼い頃から生活の苦労を知った。諏訪高等女学校在学中に社会主義に目覚め、卒業の頃には自分の生きる道を社会変革におく決意を固め、上京した。東京では職業を転々としながらアナーキスト・グループに接近し、アナーキストとの同棲、検挙、放浪生活、出産後まもなくの子供の死、男性遍歴の繰り返し、文芸戦線派への加入によるアナーキズムからマルキシズムへの移行、文芸戦線派からの脱退、発病・闘病の体験、夫小堀甚二の裏切りによる離婚など様々な出来事が相次ぎ、波瀾万丈ともいうべき人生を送った。幼少時代から始まった生涯に渡る苦労は、たい子の強い気性と反逆的性格を形作ったと言われている。たい子のたくましい性格については同時代の作家達、評論家や研究者によってしばしば語られたが、テクストを読まれる際にも作家の実人生と重ね合わせられ、女主人公について一貫して強い女性が描かれているとみなされてきた。小説には現実にあった出来事が多々描かれていることは否定できないが、内容そのものより作家のイメージが先行し、登場する女性達をたい子に重ねて読むことによってたい子文学の評価が偏ってしまったと言えるのではないだろうか。

作家から切り離してテクストに光を当てたのは、長きに渡ってたい子文学研究に取り組み、たい子文学の最大の理解者とされる中山和子氏であった。中山論は、たい子のプロレタリア小説における「階級支配に性支配の問題を重ねる」(「平林たい子――殺す女・女の号泣――プロレタリア女性作家のあゆみ」『國文學』二〇〇九・二)という特徴や、「男性中心の運動の現実への批判」(「『文芸戦線』時代の平林たい子」『社会文学』二〇〇四・六)などを指摘した点では刮目に値するものであった。しかし、描かれた女たちについては、「通常の女の枠をはるかに超えるもの」(「平林たい子――「戦後」の作品をめぐって」『平林たい子研究』信州白樺　一九八五・二)とし、従来同様に主人公の「強さ」が主として強調されている。確かに女たちにおけるたくましい側面は否定できないが、他の未踏の部分に関しても鍬を入れる必要があると考える。

また、一般的に、たい子の戦前のプロレタリア小説と、戦後の自伝的小説が同列に捉えられる傾向が見られる。ところが、たい子は『嘲る』のような初期作品においてはアナーキストの生活を描いており、その後文芸戦線派に属したことによってマルキシズムに近づき、一九二八(昭三)年の『荷車』や『殴る』などにおいて資本主義への批判を描いた。一九三〇(昭五)年になると、文芸戦線派を脱退してプロレタリア作家として孤立の道を歩み、社会運動内部への批判やフェミニズムの観点から『プロレタリヤの星――悲しき愛情』『プロレタリヤの女』などを執筆した。戦後はプロレタリア作家時代の課題から離れて自由な創作活動に従事し、『かういふ女』や『私は生きる』のような自伝的小説を発表するに至った。このように思想的にはアナーキズムからマルキシズムへの移行、さらには社会主義からの離脱という思想的な変遷や立場が小説に反映されていると思われる。本書では、こういった観点からもテクストを分析し、たい子文学における女たちや他の登場人物の表象について検証したい。

先行研究では、俎上に載せられるのは代表作に偏っているが、本書では、平林たい子文学の総体を捉え直すことを目指し、戦前から戦後までの小説中代表作と目され、これまで比較的読まれる機会に恵まれていた『殴る』『かういふ女』『その人と妻』『私は生きる』の再検討に加え、代表作でありながらも充分には研究されてこなかった『荷車』や、あまり顧みられてこなかった『非幹部派の日記』『プロレタリヤの星――悲しき愛情』『プロレタリヤの女』を取り上げ、作家と切り離してテクストのみを視野に入れ、評価することを試みたい。これらの小説には女工、女性社会運動家、社会運動家の妻、農婦、職業婦人、病人など様々な立場の女性が形象化されている。

たい子文学における社会主義と女性をめぐる表象を分析していくために、本書では四つの軸を立て、第一部「社会問題への目覚め」、第二部「社会運動内部での葛藤」、第三部「社会運動内部にみる問題点と可能性」、第四部「社会主義からの越境」という構成で展開した。時代のコンテクストを導入し、女性が、社会運動や私生活と向き合う姿を読み解くことで、たい子文学の主人公は、従来言われてきたようなたくましいだけの存在ではなく、多面性を帯びた人物であることを示す試みである。また、戦前から戦後に至る人間へのまなざしの変化についても探り、たい子文学の新たな側面を発掘したい。

注

（1）主として左を参照した。

黒島伝治「「施療室にて」――平林たい子短篇集――」（『文芸戦線』一九二八・一二）

伊藤整・青野季吉・中島健蔵「〈座談会〉平林たい子論1――現代作家研究」（『文芸』一九四九・四）

杉浦明平「評価の変わり」（『平林たい子全集』第一一巻・月報一一　潮出版社　一九七九・六）

中山和子「施療室にて　平林たい子　「研究動向」」（今井泰子・藪禎子・渡辺澄子編『短編　女性文学　近代』おうふう　一九八七・四）

第一部　社会問題への目覚め

第一章　『殴る』――闘う女の苦しみ――

はじめに

『殴る』（『改造』一九二八・一〇）は、『施療室にて』（『文芸戦線』一九二七・九）と並んで、たい子の戦前のプロレタリア文学系の作品において傑作とされている。本テクストには、貧農家の娘であるぎん子の幼少時代から、成長し都会で生活するまでの日々が描かれている。ぎん子の幼少時代は「日露戦争が始まろうとする頃」とあり、一九〇四年に当たる。テクスト内時間は四歳のぎん子が一八歳になるまでの一四年間、一九〇四（明三七）年から一九一八（大七）年までの間と定めることができる。ぎん子は農父に絶えず殴られる母を見て育ち、農村の苦しい生活に耐えられないことや母のようになるまいという決心から都会に飛び出していく。都会で仕事を得ることができ、世帯を持つようになるが、結局馘首される上に、夫にかつての母のように殴られる。その後、監督に殴られている卑屈な夫を見兼ねたぎん子が思わず監督を悪罵したとたん、逆に夫に殴られるという場面でテクストは閉じられる。

同時代には黒島伝治の「直接経験以外の材料」、「形式上新しい試み」という指摘[1]や、横光利一の「貧しい家庭の娘であるが故にかくのごとく殴られると云う無産派の人生観[2]」の描写という評価がある。その後、岩淵宏子氏が「階級的抑圧をうけるのみならず、被抑圧者である男たちのさらにその下で、虐げられ蠢めいている女のみじめな状況を、殴られるという身体的状況に集約させてリアルに浮び上らせ」、「割れるように泣き出す主人公の姿に、女の無念さと絶望が滲み出ている[3]」と指摘し、中山和子氏が「暴威にさらされる者自身の暴力として、より劣位のものにふるわれる」という「内部迫害の暴力関係は資本主義社会における男と女の関係でありその支配構造なのである」(4)と分析している。

本テクストでは、農村と都会、農業と工業、農婦と職業婦人、母と娘、資本家と労働者、地主と小作人、肉体労働と事務労働という様々なコントラストが見られる。母と娘という二人の女性の人生が描かれているにも拘わらず、かつて母については等閑視され、二人を比較して論じられることはなかった。本章では、母と娘のコントラストに焦点を当てることによって、階級社会における女性への搾取の実態をどのように形象化しているのかを明らかにし、その中でのぎん子の新しさを探り、結末についても読み解きたい。

1 暴力を見て育った少女

本テクストにおいて女性が二人、すなわち、ぎん子とぎん子の母が登場している。二人とも夫に「殴られ」、それぞれ同じような夫婦関係を持つことになるのだが、二人の生き方は大きく違う。母は家事や子育てをするだけでなく夫と共に農作業に従事しているのに対し、ぎん子は家出をし、都会に出て自立を目指すのである。ぎん子の決意の裏には農村の貧しい生活に嫌気がさしていたこともあったが、それ以上に幼少時から見てきた母の惨めな姿が原因だったと捉えたい。まず家庭状況を確認しつつ、ぎん子の幼少時代についてみていきたい。

ぎん子の家族は当初父母と三人の兄弟から成る五人家族であった。「一番末の四歳」のぎん子の上に兄が二人いた。一家の食糧事情をみてみると、「夏納屋の前の蓆で乾して保存しておいた乾飯は鶏の糞の香」がし、その中に「鶏の足がはこんだ泥もまじっていた」とあるように、食糧が足りておらず、貧しい生活をしていることがわかる。食糧が足りないにも拘わらず、父は「よく」「酒を呑ん」でおり、彼にとって雪が降れば、酒は「米の飯より必要」な物となっている。「酒は買えば高いもの」なので、「隠しておいた酒甕を縁の上まで引き摺り上げ」、米と糀で酒を造っている。「役人に見つかる」ことは「千度に一度もきいた事がない」とあるように密造している。酒を飲んでいるところを子供達に見られると、彼は「子供の方へ首を回し」、「こちらを見るなという意味」で「黒目をよせて睨んだ」。「睨ん」でいる父を見た子供達は「いじけて、乾飯を頬ばって体をよじ」り、「三人ともそういうわざを知って居た」。父と子供達の関係は決して望ましい親子関係ではなく、子供達は父を怖い存在としてみている。

父の母に対する態度についてみていきたい。父は常に酒に溺れており、母に頻繁に暴力を振るっている。

鳶口の様な爪のある手が母の耳のところに打ち下された。雪やけの皮膚の上で、皮の厚い父の掌の思いきり乾いた音がした。つづけて音がした。（略）母は狭い背を懶く動かして松造の体を避けた。表情を忘れた顔で赤土の崖のような父の額を見ている様であった。錆びたランプの吊鉤を見ている様でもあった。父は酔った目を母の下瞼のところに据えた。（略）団扇の様にひろげていた掌を握った。そしてなぐった。

父による暴力は子供達にとって「いつもの事」であり、「殴られた」母が倒れるとみんな「泣き出した」。すると、父は「口のかけた湯呑」を子供に「投げ」るので、「更に大声で泣いた」。母は暴力に逆襲するでもなく、阻止するでもなく、黙って耐えている。夫婦間の暴力を目撃した子供の直接の反応について、一般的には「圧倒的な反応は自分自身と母親に関する恐怖である。母親の命を案じたり、暴力を引き起こしてしまった自分を責める。隠れたり、暴力を止めようともする。年長の子どもは幼いきょうだいの面倒をみようとする」[5]とされている。しかし、ぎん子より年上の「二人の男の子」は父を「恐れて」はいるが、恐怖のあまり、ぎん子を守ろうとはせず、泣いているだけである。だが、「女の子」のぎん子は「泣かな」い。彼女は「低い小鼻を遠くはさんだ二つの目で、下から憎悪をこめて父の鼻の穴を見上げ」、「何かのはずみにいきなり父の足へ噛みついた」とあるように、母をむやみに「殴る」父に対して憎しみを抱き、足に噛みつくことで暴力行為に反抗すると共に暴力を止めようとしている。自分と同じ女性である母に同情しており、女を支配する男を敵として見ているのだろう。ぎん子は父を「恐れていなかった」。一方、父は「この髪の赤い子」が「気に食わ」ず、彼女の「目が気になる」のだった。しかし、ぎん子の逆襲の効果はなく母への暴力は続いた。

　ある時、「雪がとけはじめ」「凍りあがってとけた畔は崩れ」、それに「いじけたはこべがはみついて生え」る頃に、家族みんなで田圃の方へ向かった。母は男の子を「兵児帯で背負って行った」。ぎん子は「赤い髪で腐った藁の香のする泥をいじった」。父は畔で、「鎌をといで」いた母を「殴り」、「手を振上げる時には、堤や堰の所に人が働いている事も忘れてしまった」。「家の生活は、畔まで運ばれて行った」とあるように、今まで家の中で暴力を振るっていた父は人目も気にせず、外でも母を「殴る」ようになっていたのだ。「いつものとおりだまって」おり、一方的に暴力を受けている母を見て、「どうして母が泣かないのだろうか」とぎん子は不思議に思った。母は「泣」くどころか、「黒い暈のある目でうすく笑」った。母は何故抵抗しないのだろうか。彼女は夫と共に農業に従事し、家事・育児も担っているにも拘わらず、男性中心社会の中で夫に支配されている。また、「殴られる」ことは日常茶飯事になっているので、暴力を仕方がないこととして受け止め、諦めている。それに「泣」いて自分の悲しさを表面に出したら、夫は一層機嫌を損ね、ますます襲ってくるので、「笑」いを自己防衛の手段として使っているのだろう。自分の本心を隠し、自我を押し殺しているのだ。母のそのような悲惨な様子がぎん子にとって切なかったに相違ない。ぎん子は「土の塊を拾って」父の方へ「投げ」、反抗心を表した。父は「じっと」女の子を見て「田の草の中へ手洟を飛ばした」。「手洟を飛ば」す行為は、不機嫌を象徴するものであった。父の「顔がみちて来た怒りの為にぼんやり拡が」り、彼は近づいて来て拳を振上げ」、また母を「殴った」。

その後、春が去って行き、「長い梅雨がやってきた」。「家には金が少しもな」く、「売る米もなかった」。子供達は「紙が買って貰えずに新聞紙を切って習字帳をつくった」。「その新聞紙さえ家にはな」く、家の経済状況が悪化し、生活がますます苦しくなっていきながらも、父は「酸っぱく」て、「蛆の様に糀の浮いた」酒を「甕の蓋を藁で掩うことも面倒」になったほど、多量に飲み続けていた。母は「田の水を見に行って濡れてかえって来」ると、父は「それを待受けていた様に何かぶつぶつ言」い、「着換えようとしてぬれた着物を脱いだ所を二つつづけて殴った」。「白い皮膚の下がぱっと赤くなった」ほど力強いものだった。ぎん子はそんな心無い父を「見ながら成長した」。思春期を迎えたぎん子は男と女における支配・被支配という関係を認識せざるを得なくなり、「恐ろしくなかった」父が「恐ろしくなって来た」。「男は女を打つ為にうまれ、女は男に打たれる為に生まれて来るものか」と思うようになり、自分も女なので男である父に「打たれる」ことを「恐れ」たのではないか。

母は「去年生まれた男の子を背負って公会堂へ行った」という描写からぎん子にはもう一人兄弟が増えたことがわかる。その後も「また孕った。太くなった腰紐が食い込まなかった。瓜棚の父の手洟の飛んでいる所に濁った唾を吐いた」とあるように、また妊娠したのだ。家の経済状況が少しも改善されないにも拘わらず、家族が増え、暮らしは厳しくなっていくばかりであった。そのような状況の中、父は妊娠中の母を相変わらず「泥のついた鳶口の様な指を拳の中に握り込んで」「殴った」。母は「濁った唾を吐きながら」「殴られた」。ぎん子は「頭数の多い」「家族」を支えるために働きに出なければならなくなった。

彼女は「製糸工場へ通った」。「無数の不幸な娘が、細い歌に合わせて、枠をくるくる繰っていた。絹糸をつくり出す自分等が絹で織った着物をきることが出来ずに、木綿の袖口をびしょびしょに濡らして糸をとった」。ぎん子もその「無数の不幸な娘」の一人として「袖口を濡らして糸をとった」。製糸工場に働きに出る娘たちについて村上信彦『大正期の職業婦人』(6)では、「自由意識」ではなく「親の強制意志」による場合が「非常に多い」と指摘され、「なによりもそれを立証するのは前借金の存在である。つとめるに際し、なにがしかの一時金が入ること、その金は自分が貰うのではなく親の所有に帰する」ので、「親が娘を特別に製糸や紡績に出したがる」、「雇傭契約が本人ぬきの親と会社との契約」であったとされている。ぎん子も自分の意志ではなく、親の希望で工場に通っていると言える。ぎん子の場合も、「三十円の前借」が出ていた。そのうちの「五円だけ母の産婆の礼になり」、「二十円は借金の戻しに消え」、「残りの五円」で「新しいランプの笠」を買ったとあるように、製糸工場での辛い仕事を頑張っているにも拘わらず、ぎん子の給与の一切は家族のために消え、少しも自分のために使うことができなかった。「いっそ東京へ行こうかしら」と、ぎん子はこのままでは自分の意志で生きられないことを悟っていた。いつか自分も母のように結婚し、子供を抱え、父のような「男に打たれる」ことを「恐れて」いた。夫婦間の暴力に曝された子供の反応について「家出する子もいる[7]」とされているが、ぎん子もいよいよ家から逃げ出すことを決意する。

ぎん子は暴力が存在する家庭に生まれ育ち、子供の時から母が「殴」り倒されるのを見る日々が切なかった。そんな家庭に居場所はなく、まさに生地獄であったため、脱出をはかったのだ。

2　幸せの崩壊

「明るい生活」の追及のために東京にやってきたぎん子の目に留まったのは「自働電話に立てかけた板」であった。「交換手募集、見習期間短し、初任給二十一円、判任官登用の途あり」と書かれていた。一人で農村から都会へ、「無断で家を出て来た」心細いはずのぎん子にとって、看板の「白ペンキは銀色に輝い」て見えた。「蝸牛の様に一字一字を辿って行き足許の自働電話の日かげに目を落すと休まるのを感じた」。「初任給二十一円！判任官とは裁判所の役の名前の筈だ」と考えた。仕事の条件は予想以上に良かった。当時の電話交換手について「志願者の資格は小学校卒業以上、一三～二〇歳の未婚者となっているが、交換手となったのちに結婚するのは自由である」と記されているように、ぎん子は資格や年齢からすれば、適格基準を満たしていた。また、「志願者は簡単な試験と体格検査に合格すれば」、「養成所に入り、約一ヵ月練習してのち住所附近の局に配属[8]」されたので、交換手の仕事に就くことは困難ではなかった。しかし、ぎん子は「何となく不安であった」。

次の問題は居住探しであった。「宿屋は何処だろうか」と悩みながら、「見回した」。その時、「根掘り工事の男等は水道口で鼻を鳴らして水を呑」んだ後、「赤い背中を見せて再び穴の中に飛び降りた」ことに気付いた。「コンクリートミキサーはセメントと砂利をまぜて雷の様に鳴って回」っており、「聴覚をつぶされた土工達は自分の手足をばらばらな機械に感じた」。その「土工達」の中に「背の低い」磯吉が「目立って」いた。彼は三十を過ぎていた。「土を投げて頭を上げた」時に、彼は「ふと穴の上で女の瞳に突当たった」。それはぎん子と磯吉の出会いの瞬間であった。「土を掬って再び目を上げた」時に、彼はぎん子の「両顎が耳の下に岩の様に突出しているのを見」ると、彼女は「赧くなって中央電話局への道をきいた」。彼はミキサーの音で「聞こえずに聞きかえし」、「吃って」建物を指し、「鶏冠の様に赧くなった」。「自分の異常に短い背丈を感じ」ながらも、礼を言って歩き出した彼女を追いかけた。彼女のために「半日の労働を放棄した」ことを「悔いはしなかった」。二人が惹かれ合ったのは、身体的コンプレックスという共通点があったからだろう。磯吉は「異常に短い背丈」に対してコンプレックスを感じていたように、ぎん子は「醜」さ、「小鼻が平で二つの目頭の遠い」ことを気にしていた。さらに、二人は直ちに「世の中のすべての結婚の習慣と手続きとを嘲って夫婦になった」。

このように、ぎん子の都会での新しい生活が始まった。結婚して幸せになり、「昨日は十日も前の事の様」で、「汽車にゆられた一昨年は一ヶ月も前」のように感じられた。「一夜で膚が白くなった様に思った」。母に暴行を加えていた田舎の父親を見ながら成長し、「男は女を打つために生まれて来ている」と思い込んでいた彼女は、「それは、幾重にも青い山脈にかこまれた、山の中の人間どもにしかあてはまらない理屈」だと思うようになっていた。彼女は父とは違う男を得られたことに幸せを感じていた。「頭を掻きながら、耳かきのついたかんざしを一本買」うついでに夫の「足袋を買って来よう」という「気持になった」。夫も「五月の日給をためて袴の生地を買」い、「階下の女房が近所で仕立てさして来た」とあるように、一ヶ月の給料をかけて職場用の服を用意し、職業婦人として新しい生活を始める妻を応援した。ぎん子は母親とは異なり、夫とお互いに思いやりのある夫婦関係を持つことができた。夫が買ってくれた袴を「腰に結びつけて見て、小さい手鏡の足をひら」き、「一部分ずつ体をうつして見た」。「気がさして少し笑った」。「田舎では袴をはいた女が通れば、家の中から駈け出して見たものだ」。袴は明治時代から大正末期には女学生の制服として多く着用されていたので、女学校に行けない貧しい農村の少女達にとって憧れの姿だったからだろう。(9)「袴をはいて電話局へ通った」が、夫は「土工の亭主を知られては可哀そうだ」と気遣い、「電車が止まり切らぬうちに飛降りて作業場へ消えた」。

ぎん子は職場で「胸掛電話機を掛ける事を習」い、「通話器具の名称を覚えた」。「接続を要求して来る信号ランプをパイロットランプ」と言うのを「覚えるために三日かかった」。「呼び出す事をオーダーすると言」うが、「田舎のオダという言葉ですぐ覚えた」とあるように、新しい仕事を一生懸命に覚える。ぎん子は母とは対照的に、自立することができて充実していた。

仕事を始めてから「三ヶ月たった」が、彼女は依然として見習であった。募集広告に「見習期間短し」と書いてあったにも拘わらず、約束が守られなかった。本来ならば、「一ヵ月は見習として後見付で交換台につき」、「一人前の交換手になるのは三ヵ月目(10)」であった。ところが、「白い制服をきて胸掛電話機をかけ、指の腹で信号キイを向うに押」し、「赤いランプが呼んで来る」。「青いランプが終話を信号」し、「赤いランプは消えたかと思うとすぐ次を呼んでついて来た」とあるように、ぎん子の場合は「仕事は完全に一人前」になっていたものの、まだ立場は「見習い」のままであった。しかも、最初に提示された「初任給二十一円は拝命してからの事」であり、「見習期間は手当として十三円しか貰えなかった」。当時の交換手の給料に関しては東京市社会局の調査によれば、交換手の一ヶ月の平均給与は三五円一〇銭[11]とされていることからぎん子がもらった「十三円」の給与がいかに低かったかがわかる。「電車賃が五円」、「下駄や足袋やクリーム代に六円」、「残りの内一円は共済会積立金」で、「あとの一円は休息時間の餡パン代にも足りなかった」というように、都会に出て来て職業婦人として働いても生活は改善されず、以前の農村の貧しい暮らしと変わらなかった。ぎん子は苦悩し、会社側に対して不信感を抱くと「一人で長い間考え、夜店で仮名つきのパンフレットを買って来た」。「それには働く者と資本家との関係が親切に書いてあった」。「長い間の疑問」が「解け」て、「うれしかった」。「更に今一冊買って来た。更にわかって来た様に思った」とあるように、資本家と労働者の関係について学び、資本家側に搾取されており、もともとの仕事の条件が、労働者を引き寄せるための誘い文句に過ぎなかったことを理解した。また、募集広告に「判任官登用の途あり」と書かれていたのだが、判任官になるまでの順序について「欠員が出来るに従って主事補にな」り、「主事補は交換手の一部を監督するもので、主事補中成績の優秀なものは書記補という判任官に採用されるが、これはごく稀である[12]」、さらに「職場はほとんど女ばかり」であって、「男性は主事・課長・局長だけで、女はどんなに頑張っても主事以上になれなかった[13]」とされているように、広告の内容は貧窮した無知な少女達を吸引するための策戦だったと言える。

以前、小作料として米が巻き上げられたことに対して正々堂々と行動をするのではなく、「子供の尻をつね」って、「泣」かせることで米の「競売を妨害」するだけしかできなかった母と違って、階級問題に目覚めたぎん子は、不公平に対して声を上げ、現状の打開策として他の職員と話し合ってみることにした。彼女は「交代室をさけて便所の鏡の前に立った」。その時、他の「勤務中の女は便所へ行く顔をして鏡の前に来」て、「鏡を覗き込んで懐から紙白粉を出した」時、ぎん子は傍へ寄って行き、「見習期間の長い事を話しかけた」。女は鏡の中でぎん子の顔を見て「強く首肯いた」が、「申し合わせて昇給願をでも出そうじゃないの」と言うと「だまって」しまい、「鏡に顔を近づけ唇を尖らして口紅を塗った」。「そういう女が多かった」。つまり、不公平に曝されていることを分かっていながらも、立ち向かおうとする「勇気」のある者はいなかった。ぎん子の母も反感は示したが、積極的に行動を起こさなかった。一方、他の女性達と違って、堂々と対抗するところにぎん子の勇敢さや新しさが浮彫りになる。ぎん子は「失望しなかった」。仲間を募ったが、会社側の抑圧に反対の声を上げようとしたことが暴露され、「夜勤に回された」。「夕暮、埃の町を電車に乗」り、「朝、勤務を終えて寝不足の目」で帰ってくるような、さらに辛い生活へと変わっていき、日勤の夫と「月と太陽の様に食いちが」うことになっていた。夫は「夜働く工事場を探しに行った」が、「下駄の鼻緒を切り蓑口を落して」帰って来ただけで、仕事を見つけられなかった。家に帰って来て花火に出かけるために「団扇を探し」、いらいらしてぎん子に「団扇のありか」を聞いたが、「出勤時刻におくれた」彼女が「二言三言答え」ると、「いきなり」「殴った」。母とは対照的に、ぎん子は夫に対して口答えをした。「男に打たれ」たのは堪らず、「むかって行こうとした」が、「いつもだまって」耐えていた母を「思い出し」、「ふとやめた」。「夜勤」のせいで夫との関係が悪くなったと言える。

ぎん子は母のように暗い生活を送るのではなく、「明るい生活」を求めようとし、農村から都会へ飛び出して職業婦人の道を選んだ。都会で父のような乱暴な男ではなく、「男は女を打つために生まれる」という思い込みを変えてくれる思いやりのある男に巡り会い、仕事も得て幸せで充実した生活を手に入れたかに思われた。しかし、結局は職場で酷使され、暴力によって夫に支配される身となってしまった。

3
二重の苦しみ

ぎん子は七ヶ月経っても「やはり見習」のまま「夜勤」を続け、夫と「顔を合わせるにはどちらかが休まねばならなかった」。給与も変わらず、「十三円のうちから休んだ日数だけの金額が少なかった」。ぎん子は隠れて資本家と労働者の関係について勉強を続け、「幾度かよんで手垢のついたパンフレットを人にすすめ」て、支配者に立ち向かうべく計画を練った。パンフレットを「一と晩で読んで来る様な人間は大抵話がわか」り、「長い見習期間に不平を持ち、仲間を誘う事に同意した」。だが、「便所の鏡の前に長く立っている様な女には望がなかった」。パンフレットをすすめると、「ええありがと」と言って「洗面流しの縁に置いて刷毛を使」い、「戻りには白粉だけを帯にはさんで、それを置忘れて行った」。資本家に逆らうということは、解雇されることを意味していたので、「勇気」を持って共闘しようとする者は一人もいなかった。「置忘れていた」パンフレットは「主事補の手を経て苦い感情」でぎん子に戻り、働く者の組織を企てようとしたということで「ある日に突然解雇された」。しかも、理由は「私儀家庭の都合により」とされ、不当に辞めさせられたのだ。「戸棚を片付けていると主事補が何気なく寄って来」て、「電局では解雇される者は今まで盗癖者ときまっていた」と言ったところに表れているように、今まで反抗する人は一人もいなかったのである。

家に帰ってみると、「茶碗に溢れた酒は畳に流れ」ており、夫は「小さい赤い目を、女の顔に据えておけない程酔っていた」。「晩に帰って来ない女房はいらないと舌を巻いて言った」ように、夫婦の時間が取れないことにいらだっていた。本来であれば、自分の辛い気持ちを夫と分かち合って、慰めてもらいたいところだったのだが、酒に乱れている様子をみてぎん子は「袴のまま立って解雇されて来た事が言えなかった」。夫の「小さい体が拳を振上げて狼の様に向って来た」時に、ぎん子は父を「思出していた」。いつも暴飲してむやみに母を襲っていた父の憎むべき姿が思い浮かび、「胸に渦が巻いて来て」夫の「膝の脇の畳に佃煮を投げ」、「目をつぶって殴りかかった」。ぎん子は母とは対照的に夫の暴力に「殴り」返すことで抗議した。夫と一緒に時間を過ごせないことはぎん子にとっても辛かったはずだ。しかし、夫はぎん子の気持ちを理解せず、暴行を働いた。

　暴力を振るう夫であっても、彼女は最後の給料としてもらった「一三円」で「朝顔の鉢」と夫の「着物を買った」。なぜぎん子は他の花ではなく、わざわざ「朝顔」を選んだのだろうか。「朝顔」は短い寿命のため、「はかない恋」、「報われない愛[14]」の象徴ともされている。わずかなお金で、夫のために着物を買う行為には夫への愛情が表れており、「朝顔」の花からはぎん子の報われない愛が読み取れるのではないか。

　ぎん子の失業後、家計の負担が全て夫の肩にかかってきた。「残暑の空の下の労働で脂肪を出し切った」後、家に帰った夫は「窓に腰をかけて掌で膝を撫でて頻に酒を呑みたがった」。「一日休むと一日食えない」状況になっていた。ぎん子は「北と南を指したがる磁石を思い出さずには居られ」ず、田舎にいた時の苦しい暮らしに戻ったように感じた。ある日、夫は「黴の生えた一升罎を押入れから出して蠅が落ちているので気を悪く」し、ぎん子が朝飯の用意をしていた間に出かけて行き、「酔って」帰ってきた。「飯前の朝酒が腸にこたえて、材木の様な音を立てて寝転」っていた時、ぎん子は「一言二言言った」。暮らしがきつくなっている中、夫が酒を飲むことに愚痴をこぼしたに相違ない。すると夫は「大きい声を出してねたまま財布を投げ」た後、「いきなり殴りかかって来た」。「打下した手を振り上げ下した」。ぎん子は夫の「人さし指」が父のように「一節足りない所から切れて」おり、「鳶口の様に曲った爪」が出ているように思った。「そして自分の体は、しなやかな母の体の様」で、「腰紐が腰に食い込んで」「痛い」ように思った。夫に父の姿を、自分に母の姿を見ていたのだ。ぎん子もやはり、母と同じく毎日のように夫に「殴られる」ようになっていた。

そもそも父がいつも不機嫌で、酒に溺れては母に暴威を振るい続けていたのは、高い小作料をとられながら苦しい農作業に携わっていたからだ。ある年、「八月に入っても雨がふった。（略）稲の穂はあぶなげな白い粉を吹いた。それが花であった。しかし、一番かわいた風が必要な時にじとじと雨が降った。九月に入っても雨が降った。（略）草はかんざしの足の様にただすうすう伸びた。そして先のところにぽっと痩せた穂を出した」と、気候不順のために稲のできが悪くなった。その時、高い小作料が払えないため、「小作料低減の下検分をして貰う」ことになった。「消防小頭をやっている男と顔ききの老人」が「酒造問屋の地主」の方に行くことになったが、「用向ははたされず、二人は「少しの酒でうまく買収されて帰って来た」ので、小作料を削減してもらえなかった。結局、地主の方が「にこにこと目尻で笑って小作料の米をはかりにかけた」。「目方の足りない俵は上り框に立って蓆の方へ事もなげにほうり投げた」。「米は小作料にも足りなかった」のだ。「地主と小作人の関係」は「博多の帯」にある「二つの「並行して行く縞」に喩えられ、「小作人」は「黒い糸で織られた縞」、「地主」は「明るい糸に織り込まれた人間」とされているように、父は地主に抑圧されており、追い詰められた状況にいた。しかし、地主という強者に対して、反抗することができないため、不公平に対する欲求不満を暴飲の力にまかせ、自分よりもさらに弱者である妻を「殴る」ことによって解消しようとしていたと言える。

ぎん子の夫の暴力の背景にも父の場合と同様の図式があったことが末尾の場面で明らかになる。ある日ぎん子は、夫を探して工事場まで出かけていった。「工事場の足場の下には裸の男達が集まっていた」。近寄って行くと「男等の輪の真中に詰襟の現場監督」が「髭の顔を動かしどなって」おり、「頭を垂れてどなられているのは夫であった」。監督は「腹の底から押出す声でどな」り、「吋尺で夫の横顔を殴った」。父と同じく労働者として弱者の地位にあるぎん子の夫も資本家の手先である監督に虐げられていた。職場での欲求不満から暴飲し、女性としてさらに弱者である妻を「殴」っていたのだ。監督は「更に見下して吋尺を持たない方の掌で横に殴った」。頭を「殴られた」夫は

「もうよろけて傍の男に突当り体を安定さした」。「人間の卑屈な姿であった」とあるように、夫は監督の暴力に反発することなく、屈従的である。その姿を目撃したぎん子は「いきなり人を分けはいって、監督に一と声浴びせかけ」、「卑屈な夫の代わりに監督の胸ぼたんの所に自分でもわからない怒声を吐きかけた」。いつもの立ち向かっていくぎん子の姿であった。しかし、この末尾の場面におけるぎん子の行動は、正義のためのみならず、夫への愛情ゆえでもあった。しかし、それを見た夫の反応はどうだろうか。


瞬間であった。

監督の方へ向いて卑屈に固まっていた夫の顔が、女の方へ向いて赤ダリアの様にパッと広がった。夫は何かどなった。夫は拳を振りあげて女の上に振下ろした。

それは見慣れた拳であった。それが力いっぱいに振り下された。女はセメントの濡れている地面に投げつけられた。声をあげて泣いた。割れる様に泣き出した。鉄骨を打ち込む音が頭の上の空にひびいた、呆れて立っている監督の前で夫は妻を殴った。


夫は監督に怒声を浴びたぎん子に対し、怒りを覚えた。資本家に逆らった結果、妻の仕事がなくなり、夫婦は既にぎりぎりの生活をしていた。一人で家計を支えざるを得なかった夫にとって失業への恐怖感が何よりも強かったため、自分への愛情から自分を助けようとしている妻の気持ちは理解できなかった。働き口を失うことができず、追い詰められた状況にいた夫は妻を「殴った」。「力いっぱいに振り下され」、「投げつけられた」ぎん子は「割れる様に泣き出した」。

性支配と階級支配という二重の支配に曝された被害者の〈涙〉であった。都会は農村と何も変わらず、都会でも労働者は資本家の支配下で、「怯えて」生きており、「勇敢な労働争議」がなかった。また、自分の思い込みを変えてくれるように見えた都会の男もやはり「殴った」。この泣き声はかつて「支配される階級のなかの支配関係」という「二重の抑圧」に対する「抗議の手段[15]」と捉えられていたが、それだけではないだろう。確かにぎん子は幼少時には父に、大人になってから夫に、そして会社に対抗してきた。しかし、闘う中で表には出せない様々な感情を抱いていたはずだ。それが〈涙〉として一気に溢れ出した。ぎん子の〈涙〉には「殴られる」母を目にする時に感じた切なさ、職場で酷使され解雇されたことに対する憤り、最後に至っても遂に夫に自分の気持ちを分かってもらえなかったことに対する絶望など様々な感情が含まれていた。同じく二重の支配による苦しみを強いられていた母や他の女性の職場仲間は泣かない。それは他の女性達がただ「だまって」いたからである。ぎん子は強く闘い続けてきたからこその挫折感、悲しさ、苦しさによって「割れるように泣く」のであった。

おわりに

本章では、母と対比することによってぎん子の新しさを明らかにした。ぎん子の母は農婦で、夫と共に働いてはいるが、夫に散々「殴られ」ても口答えすることはなかった。母のそのような惨めな様子を見て育ったぎん子は農村から都会へ逃避し、職業婦人の道を選んだ。母のようになるまいとする強い意志によってぎん子は都会で仕事を得ることができ、父とは違う思いやりのある男に出会い、つかの間の幸せな生活を送ることができた。その後、会社で虐げられ、夫との関係も悪くなっていくが、職場では働く者の権利のために一所懸命に闘おうとし、男の支配に対しても母のように「だまって」いるのではなく、「殴り」かかり、強く反感を示した。母と同じく夫に暴力を振るわれても、それに向き合うぎん子の姿勢には決定的な違いが見られる。

ぎん子の社会の不公平を改善しようとする思いに変化をもたらしたのは結末の場面であった。ぎん子は現場監督に「殴られ」ている夫を助けようとし、監督に「怒声を吐きかけた」瞬間、逆に夫に「殴られた」。それまで強く闘ってきたぎん子であったが、遂に「割れる様に泣き出した」。ぎん子の〈涙〉には、先に指摘したような切なさ、憤り、絶望など様々な感情が織り込まれていた。闘い続けてきたからこそぎん子は他の女性に比べて、一層の苦しみを抱えていたと言えよう。

以上見てきたような、ぎん子と母の結婚生活の形象化から、当時の資本主義社会の底辺の女性が階級と性による二重の支配を受けるということは、社会的にはむろん、私的にも人間らしい生活のことごとくを奪われることを、本テクストは訴えている。たい子文学は従来、一貫して強い女主人公が描かれていると見なされてきたが、末尾に噴出したぎん子の〈涙〉には、強さの裏に隠された様々な感情が込められていることを、本章では明らかにした。

注

（1）『文芸戦線』（一九二八・一一）
（2）「文芸時評」（『文藝春秋』 一九二八・一一）
（3）「女と言説《ディスクール》」（有精堂編集部編『講座昭和文学史』第一巻 一九八八・二）
（4）「笑う女、女の号泣——平林たい子初期作品」（岩淵宏子他編『フェミニズム批評への招待——近代女性文学を読む』學藝書林 一九九五・五）
（5）倉本英彦「夫婦間の暴力は子どもに何をもたらすか」（『児童心理』 一九九八・六）
（6）ドメス出版 一九八三・一一
（7）注（5）に同じ。

（8）注（6）の村上信彦『大正期の職業婦人』に同じ。
（9）西清子『職業婦人の五十年』（日本評論新社　一九五五・一二）において、当時の電話交換手について「ほとんどが小学校卒業の学歴しかもっていなかった」、「交換手の特別な風俗であった袴姿も、どれほど彼女たちの心をときめかしたことであろう」という記述があることから、女学生の制服であった袴姿への憧れが窺われる。
（10）注（6）に同じ。
（11）注（6）に同じ。
（12）注（6）に同じ。
（13）注（9）に同じ。
（14）伊宮伶編著『花と花ことば事典』（新典社　二〇〇三・一〇）
（15）注（4）に同じ。

第二章　『荷車』――辛抱する女から復讐する女へ――

はじめに

『荷車』（初出『新潮』一九二八・六）は、製糸工場内部を舞台にした小説である。山大製糸工場で子持ちの夫婦、お花と三次は共稼ぎをしていたが、電力を使用するようになってから、ある日夫は突然解雇された。女工のお米は髪をモーターに巻き込まれて怪我をし、おけいという幼年工は県の検査官の訪問時に乾燥場へ隠されて悶死する。このように工場では次々と事件が起こり、最後に男女の労働者が作業場を破壊した結果、男達は検挙され、女達は三台の荷車に握り飯をつんで、町へ帰ることになる。

本テクストについて、寺田透氏は「ひとつの総体的効果というものを持っていない」[1]とし、それに同意を示す中山和子氏は「数数の情景は描かれていながら、それがテーマに向って集中してゆかない」「構成力不足と描写の自然主義的な細密化というアンバランス」[2]と批判している。岡野幸江氏[3]は、一九一六年に施行された工場法では、一六歳未満の者については、労働時間が制限され、深夜業や危険業の禁止など規制が設けられたにも拘わらず、これはザル法で実際に守られていなかったと、幼年工について言及している。先行研究は以上のようなもののみであり、詳細な分析はなされていない状況である。

本章では、当時製糸工場で働いていた女工の労働状況について確認しつつ、テクストにおける女工達の実態を検討し、最後に至って階級問題に目覚めた男女の労働者が団結し、資本家と闘うテクスト末尾の場面にも注目したい。

1　家庭を犠牲にする女工

まず、日本における製糸業の発展やそれにおける女性の役割[4]について確認したい。製糸業と紡績業は、明治一〇年代から二〇年代にかけて次々に大工場を出現させ、日清戦争前後にはほぼ機械制生産の支配を確立した。製糸業は主としてアメリカとヨーロッパに製品を輸出し、日本の輸出貿易の中枢を担った。生糸、綿糸布などの輸出による外貨獲得が、日本の産業発展に必要な機械や原材料の輸入を可能にし、また軍事化に必要な兵器、艦船などの輸入をも可能にした。その意味では、明治以来の「富国強兵」策を推進する上で、繊維産業はまさに槓杆的役割を果たしたということができるが、その繊維産業の発展をさらに底辺で支えたのが、婦人労働者の苦汗労働であった。明治二八（一八九五）年には製糸業に従事する一二〇三一三名の職工数のうち一〇九八一五名は女工であり、九一・三パーセントを占めていた。[5]またその二〇年ぐらい後、大正五（一九一六）年のデータをみても、職工数二四八〇〇〇名のうち、女子労働者は約九〇パーセントを占めており、製糸業は圧倒的に婦人労働力によって支えられていたことが窺われる。しかし、機械化の進んだ繊維産業では、労働が熟練や体力を以前ほど必要としないため、資本家は、もっぱら低賃金で従順な若年婦人労働者を雇用し、その搾取の上に膨大な利潤を得、繊維産業の急速な発展を推し進めた。女工は長時間の労働、罰金制度[6]などのために、わずかな賃金しか稼げず、戦前日本における製糸女工の労働条件は、過酷なものであったと言われている。

では、本テクストにおける製糸工場の労働条件[7]はどのように描かれているのか、また女工達はどんな事情や思いで働いていたのかみていきたい。山大工場では多数の女工達が働いていたが、本章では主にお花、おけい、お米という三人に注目し、順を追ってみていこう。

まず、お花についてだが、お花は山大工場で糸をとり、夫三次は釜場の外で水揚げの仕事をしていた。二人は乳呑児を一人抱えているが、預けてもらえる場所がなく、子供を「飯場の板の間へねさせておいて」、水揚げの合間合間には三次が抱いてあやした。お花は、仕事中に子供と離れているゆえに母乳を与えることができず、昼休みの時間になるといつも胸が張って「目がくらむ様な苦しみが、すぐに、子供と一緒にいられない憤りになって胸の中に波を打って」いた。お花は痛みを少しでも和らげるために搾乳をし、我慢をしていた。不十分な授乳で乳腺炎を患う可能性があるので、母親の健康には好ましくないし、母乳を飲まないと栄養不足で乳呑児の健康にも害が生じる原因になり得るが、「生活に困りさえしなければ」という言葉にあるように、お花は食べていくために働くという切実な問題を抱えており、子供と離れなければならなかった。

昼の休みは「二十分でそのうちは食事に五分はかかる。のこりの十五分で一日の生活の喜は味わわなければならないのだ」。女工の食事時間について佐倉啄二『製糸女工虐待史』(8)には、「殊に製糸工場では、食事時間を長くあたえてない為めに」、「緩っくり食物をとる事が出来」ず、食事の時間になると作業場から駈け出し、無理に食べ物を詰め込んで、また工場に駈け込んでただちに仕事に取りかかった。そのため、ほとんどは胃腸を患っていたと記述されている。テクストでは、「十五分の休みを有効に使おうと思えば思う程、何をしていいかわからなく」なり、「もやしの様に蒸気でふやけて来た体を日向にさらして、女工たちは転がっていた」。ここから工場では女工のために休憩室というものがなく、休憩の時間さえ気持ちよく過ごすことができず、おまけに、「蝿」が飛んでいたという描写から、休憩に利用している場所は不潔で不衛生であったと言える。

このような厳しい状況の中で、お花は仕事を頑張っていた。しかし、ある日三次は、突然監督長に呼び出され、「いきなり」「解雇を言い渡」された。工場主の次男が電力の装置を買ってきて、「蒸気機関をモーターに取りかえた。解雇の理由としては「モーターが据えつけられたので」今まで三次がやっていたような「水揚げも追々電気でやるし」、「第一蒸気機関が不要になって水揚げ人夫は今までの三分の一しか要らない」と言われた。「ここを追出されたら町へかえって、またどんなに仕事を探さねばならないか」、「乳呑児はどうしたらいいか」、「女房と子供をかえしたとて二人が食うだけの仕送りは出来ない」、「三人でかえったって、当座住むところもない」と三次は今後の生活や子供の養育のことなど思案に暮れた。監督長は「もう子供も相当大きい様だから乳を離して君が連れかえったら」と言った。それだけでなく、「内儀さんは置いてかえるより、つれてかえった方がいいよ。アッハッハハ」、子供連れの雇人を突然馘首しながらも、少しの同情を示すことなく、意地悪を言った。三次は監督長の態度に対し怒りを覚えたが、口答えをしなかった。工場法では、工業主が職工に対して雇用契約を解除したい時は少なくとも一四日前に予告しなければならないという解雇規定(9)があったので、三次の解雇は法律違反であった。それにも拘わらず、三次は「おとなしく引退って来た」。

結局、お花を稼がして自分が子供を連れて帰る決心をした。しかし、三次はお花と別れる時に、「おい、俺の顔へ泥をぬるような事をやったら、承知しないぜ」と言った。お花は家族と離れて工場の劣悪な状況下で独りになり、心細かっただろう。またお花は子供のことをいつも気にかけていたので、子供との別れが寂しくて相当辛いはずだったにも拘わらず、その気持ちは夫にさえ理解してもらえなかった。三次に、お花は「何の苦しみもない様に」見えたとあるように、夫にはお花の女性としての「苦しみ」も母としての「苦しみ」も、また、同じ労働者としての「苦しみ」もわからなかった。資本主義社会の中では、女が男に従属的な存在としてしか扱われず、工場主と夫による二重の支配を受けていたことが三次の最後の台詞からも窺われる。お花の寂しくて悲しい気持ちは、「目からボロボロと涙が落ちる」ところから読み取れる。

家族と離れたお花は、他の女工と一緒に寄宿舎に住むことになる。寝室は「沼の様」で、「六十畳の畳の上で四十人」が寝ていた。つまり一人当たり一畳半という狭いスペースであった。「股」も「襟首」も「痒く」、女工達は虫に刺され、血を吸われていた。襟首に「汗がにじんでいた」という箇所から部屋の中が暑かったことがわかる。また「布団は塩気のある湿気を含」み、「足のところは牡丹の花程破れ」、寝具も不潔で使い古したものであった。そんな環境の中でお花はどうしても眠れなかった。「仕方なしに起上っ」てみると、「随分むし暑い晩じゃなしかね」という声が「二つ三つ向うの布団から起った」。お花だけでなく、他の女工達も「痒く」「暑苦しく」寝付けなかったのだ。「どうも、いろいろな事を思出せてね、一人で泣いてたとこさ」とお花が言った。

その時、女工の一人が「畜生！こんな汚い布団を着せやがって、人を何と思っているずらか。あの肥った親爺は」と言いながら、「布団を蹴飛ばし」、お花や他の年上の女達の「白く冴えた顔に淋しい微笑が浮んで来たのを見ると」、もっと元気づけることを言ってやりたいと思った。仲間に刺激を受けたお花も「金がもうかりゃあもうかるんでどこまで汚くなるもんかねえ、資本家ちゅうものはさ！」、「この汚い布団を御覧なして」と激しい憎悪をこめて布団を蹴った。「子供を親から引離したりさ、都合のいい時にゃ、空き罐でも投げる様に人の首をちょん切ってさ、あとは野となれ山となれだ…」と、夫が首にされ、家族と離れ離れになったことに対して今まで自分の感情を心の中に仕舞い、〈涙〉でしか表現できなかったお花は、遂に言葉にして「激しく」言えたのだ。このようにお花の中には階級意識が芽生えたが、行動を起こすまでには至らなかった。

寄宿舎(10)については、「そもそも繊維資本が、寄宿舎の付設に力をいれたのは、女工に快適な宿舎を提供するというより、労働力を確保」するところにねらいがあった。「長時間労働、とくに深夜業のばあいは、欠席者が多く、必要労働力をなかなか確保できませんが、寄宿舎はその点、労働者をいやおうなしにかり出すのに便利」だったと伝えられている。女工の逃亡を防ぐために、寄宿舎は外から鍵がかけられ、きびしく監視され、外出さえも制限された。後ほど触れるが、工場で茶番狂言をやることになった時、村から青年達が来ることを予想し、女工たちは綺麗な格好をして楽しみにしていた。このことから、長時間の労働で外出の余裕がないだけでなく、外出自体が禁止されていたと推測できる。また、夜中に寝ることができないお花たちの話し声を聞いて、「当直の監督」がみんなに注意をした。宿舎に住んでいる女工達は労働時間に束縛されるだけではなく、労働時間終了後も解放されず、体を休めることができず、自分の好きなように過ごす自由もなかったことがわかる。寄宿舎の生活は、まさに地獄にでもいるような環境であった。

このようにお花は夫が解雇されたことによって家計の負担を背負うことになり、工場の劣悪な労働条件下で働かなければならず、他の女工達と共に不衛生な寄宿舎の中に閉じ込められ、舎監の厳しい監視を受けていた。

2 命を落とす女工と大怪我をする女工

前述のようにお花達は、工場の中で辛い思いをしていたが、お互いに気持ちを共有したり、嘆き合ったり、支え合ったりもしていた。その中におけいという幼年工もいたが、多数の大人達の中の唯一の子供はどのような気持ちを抱いていたのだろうか。

ある時、監督の石田が「工場へ《ママ》今夜飯場で茶番狂言をやること」を女工達に話した。工場で茶番狂言を行うことは「開業以来ない」ことであったので、若い女工達は「芝居」を見るのが楽しみで、「喜」んだ。それに対し、工場主は「理由なく工女の慰安などをとてもやる筈の親爺ではな」かったので、長く働いている女工達は「笑った」。大人の女工の間で茶番狂言のことが話題になると、「なあ、伯母さま伯母さまっちゅうに！何があるだえ？え？今夜何があるだえ」と幼年工のおけいは気になり、大人の中へ割り込んで聞いたが、誰も彼女を「相手にしなかった」。再度聞いても「今夜かえ。今夜はねえ、月蝕さまだとさハッハッハッ」と大人の女工にからかわれた。おけいは「つまらなくなって、バタバタ一人で走り出し」、「淋しさを感じた」。自分と同年齢の子供がおらず、大人の女工に相手にしてもらえず、また工場の出来事についても素直に教えてもらえなかったおけいは、仲間から疎外されていたと言える。

芝居の準備が始まってから、おけいはようやく芝居があることを知った。女達は芝居見物をするための用意に「二階から綻びた掛布団を引摺りおろして来」るが、おけいは「ぐずぐずと隅の所へ坐り込んだ」。その時、「場銭も払わないで人のお桟敷へ入って来る奴があるけえ」と監督長と関係のある「鼻つまみ者の女」が言い、「いきなりどしんと」おけいの「上に倒れて来た」。おけいは「頭へ手をやりながら不承不承に立上った」。「鼻つまみ者の女」は監督長の「女」であったために、自分は特別で、他の女工達より上の階層に属しているかのようにみんなに対して横柄な態度をとっていたのだろう。おけいは他の女工達より年齢が低く、体が小さく、社会経験も浅く、世間知らずの弱い立場におり、いじめの対象となってしまった。おけいは資本家からだけではなく、他の女工からも虐げられ、二重の虐待を受けていたと言える。

その後工場では突然検査官の訪問があった。「唉壺は掃除してあるか。…非常口の電燈はつけてあるか」とうろたえた石田が「叱咤する」様に言い、女工のみんなを急がせた。石田の命令を聞いて一旦焦った女工達は落ち着いてくると、石田の「狼狽」が自分の問題でないことに気付き、「何もそんなに大騒ぎしないで、検査して貰ったらいいじゃなしかね」、「こんどは引掛かえ」と言った。しかし、幼いおけいだけは何が起こっているのかわからず、監督の命令に素直に従おうとした。しかし、おけいは「工場法にふれる幼年工」なので、検査官が来た時には「かくさなければならない」と工場主に言われていたことを石田がふと思い出し、彼女を乾燥場に隠したのだ。おけいは「それっきり居なくな」り、二三日経つと、石田もいなくなった。「まさかあんな子供を…」、「だけども、そりゃあわからなしえ、へえ、十二にもなりゃあねえ…」と、工場では彼女と石田に関して色々なうわさ話が流された。幼い仲間の安否を心配し、同情を示し、探して助けようとするというよりは、おけいのことを何も知らないにも拘わらず、彼女の価値観やモラルを疑うのだった。

本来ならば小学校に行く年齢のおけいが、なぜ工場で働かなければならなかったのか記述はないが、おけいは、本テクストと同年に発表され、ほぼ同い年の幼年工を描いた佐多稲子『キャラメル工場から』(『プロレタリア芸術』一九二八・二)のひろ子を想起させる。ひろ子の父親は、彼女の気持ちを全く無視し働かせた。工場の求人は一三歳以上と定めてあったので、実際は一一歳だったひろ子を十三歳と偽った。ひろ子は一家の窮状を助けるべく学校へ行きたい希望を押し殺さなければならなかった。しかし、他の女工より体が小さく幼いため上手にキャラメルを包むことができず、学校では優等だったひろ子は、仕事場では劣等者として名前を貼り出され辛い思いをするのだった。おけいも恐らくひろ子同様に家計を助けるために、自分の意思で働くのではなく親や身内にそうさせられたと推測される。

おけいがいなくなってから工場には大事件が起こり、巻き込まれたのはお米であった。お米は糸取りをしており、夫啓作は山大の土地を借りて桑畑を作っていた。山大はもともと「高い年貢をとって」土地を貸していたが、ある時から「年貢は繭代で差引くことに改正」され、生活はさらに厳しくなっていった。繭をできるだけ安く購入し労働者の生活のことなど配慮せず、自分の利益を重要視する山大の搾取は、女工達に限らず小作人に対しても同様であった。[11]啓作が稼いだお金は、家計を支えるためには到底不十分だったので、お米も夫と共稼ぎをしなければならなかった。

では、お米はどのような状況の中で働いていたのかみていきたい。お米は工場で作業していた時に「一日中濡れて居る足を冷やし」、「血のめぐりが鈍くなって、足から脛へ上って来る冷は腰まで這いのぼった」。「足は、感覚を失いかけてぶよぶよ太くなった」とある。彼女が使っていた腰掛は「空箱を横に立てた様なあら削りの材木で作っ」たものであった。腰掛の「改善の要求は、既に六七年前から工場主に」してあったが、女工達の「結束による要求でないために今まで無視されて」来た。お米は現場のこのような悲惨な状況の中でも生活のために長年仕事を頑張ってきた。そしてある時、前日からの「出血」で、お米は「青くなっていた」。「袂に紙を入れて、歌をうたいながら糸をと」り、「枠をとめては便所へ行った」。お米は「流産」していたのだ。当時の労働状況や女工達の生活を克明に記録している細井和喜蔵『女工哀史』[12]には、女工達の流産について「女工には流産や死産が甚だ多い」。これは「母性保護の行き届かざるによるのであって、最少限度を示した工場法の規定も、労働組合が活動して職工自身厳重な監督機関とならざる限りは到底実行を期し難い」とあり、当時の女工にとって仕事をしながらの出産はどれほど大変なものであったかが窺われる。

では、お米は流産に対しどんな気持ちを抱いたのだろうか。「この年になるまで子供がなかった」とあるが、年齢は特に描かれておらず、妊娠適齢期を過ぎていたという可能性も考えられる。「皮膚の下には毎年毎年白い脂肪が増して行」き、「肥って来るのは子宮の悪い証拠だとの事だった」とあることからお米は子宮筋腫[13]を患っている可能性が考えられる。筋腫は放置しておくと一〇キロを超えるような大きさにまでなることもあり、複数個できることも多い。若い人では妊娠しにくくなったり、流産しやすくなったりするので、妊娠した場合は分娩まで健康管理をしっかり行い、無理をしないことが大事と言われている。「わざわざ金を使って県立病院まで診せに行く余裕もなかった」とあるように、お米は治療を受けていないことがわかる。おそらく金銭的な余裕だけではなく、長時間労働で忙しく休憩の時間も少なく、ただでさえ疲れるところに、現場での設備が整っていなかったり、工場の中が冷えたりする厳しく不快な環境の中で、何倍もの疲労がたまるという様々な事情があったと考えられる。治療を受けていないお米の妊娠は危険を伴っているが、命がけでも子供を作りたいほど、お米にとっては待望の妊娠であっただろう。胎児の命を失うということは彼女にとってただ「惜しい」のではなく、辛くて耐えがたい喪失感があったと考えられる。流産後は、出産後に準じた養生や数日間の安静が必要と言われているが、お米の場合は流産しても、仕事を続けなければならなかった。

お米の苦労はさらに続いた。「流産」後の疲労で、作業中「頻に薄い眠気が襲って来た」。「眉間に力を入れていないと、首ががっくり横に倒れそう」だった。「こんな時には休みたい」と「思いながらも、すぐに給料にこたえて来ることがわかっているのでずるずる働いていた」。「何かのはずみで、肱に熱湯がかかった」。「熱いっ！」よくある事で何でもなく思ったが、「忽ち斑点が現れて来た」。「繭を掬っていた金網を捨ててこすっていると、そこがじんじん熱くなって来た。押えた指の間で見ると、だんだん赤味が増して来た。枠をとめて、懶い体を曲げ、台の下からワセリンの罐を取り出そうとした」。


「ああ、ああっ」

はじめは誰かが来て、うしろからやさしく髪にさわった様な気がした。しかし、その次の瞬間には、後頭部の骨の外で脈が打つ様にことことと廻っている車を感じた。

「やられたっ」

強い力が生え際を引きむしる様にうしろへ引いた。（略）

それは、十五秒程の間だった。車は、女の赤い髪を捲き込んでことことことと廻って行った。先の短い、箒の様な髪はねちねちねちねちと心棒に捲きついて行った。

お米は流産のショックからまだ抜け出してもいないうちに、「髪をモーターに捲き込まれ」、「後頭部の半分程の毛を奪われ」るようなすさまじい事故に合った。以前は「蒸気」を使用し、枠の軸の回転がとても鈍かったが、「先月から電力に」変わり、「ずっと早く」なった。電力になることによって今まで多くの労働者がやっていた作業を、少人数でかつ早くできるようになり、工場主にとっては毎月雇人に払わなければいけない給料の負担が減少し、生産が増加するという極めて有利なものであったが、新しい機械に慣れていない労働者にとっては命がけになってしまった。お米が喪失したのは子供の命だけではなく、女性の命と言われるほど大事にされている髪の毛でもあった。

3

立ち上がる／立ち向かう女工

工場での大事件後をみていきたい。畑の「わかい稲のさきが垂れて見える程水が不足」したとあるように、村では「日でりがつづ」き、小作人は不作になるのではないかと「心配」するようになった。「旱で不作なら年貢を少しまけてやればいい」と小作人達が考えたのだが、工場主には許されそうもなかった。水を「田の方へは一滴も廻さない一方、山大工場の「貯水槽は田より一段低く、深い口をあけて、ぐうぐう咽喉を鳴らす様な渦の音を立てて水を吸い込」んでいた。前述したように、山大の小作人に対する待遇は女工同様に残酷であった。「アメリカの好景気に引けるだけの糸を引いて横浜に送った方が、はるかに利益の桁が違う」とあるように、田畑で年貢をとるのと工場で儲ける利益とでは桁が違うので、小作人の働き口がなくなり生活が苦しいものになろうと、工場主にとっては最大の利潤を求める以上関係のないことであった。工場主のそのような「算盤」は、「人のいい小作人達に」も「あざやかに読めた」。今まで散々酷使され、工場での様々な凄惨な事件に対する工場主の対応などから、小作人は工場主のやり方を見抜き、階級問題に目覚めるようになっていた。そこで「山大の貯水槽へ流れ込む水を堰きとめる方が、最も手近で最も信頼できる手段」だと考えた。労働者は二手に分かれて、片方は水を堰き止めることに、もう片方はお米の事故後の補償を請求しに工場主の方に行き、団結して行動をするようになった。

「これでよしと…こんどは、山大の堰を払いに来る奴を引っぱたいてやるだけさ」とあるように山大の貯水槽への水流を阻止することに成功し、もし工場主の方から反対があった場合には、向かっていこうと決意した。一方、工場主のところから啓作と他の労働者が帰ってきた。「山大じゃあ、お米の頭を坊主にさせといて、たった五円の見舞金しか出さねえとさ」とあるようにお米は流産をし、髪の毛も奪われたにも拘わらず、「五円」の補償金しかもらえなかった。「たった五円でのめのめ帰って来たのか」と小作人の一人が憤るように、労働者は自分の権利を認識し、積極的に闘うように成長していた。

ところが、そのやりとりをしているうちに、「不意にドドドドという音が起こった」。水の流れを堰き止めるためにはめた堰板が「二つに割れ」、「水が滝になって水槽の方へ落ちていた」。「古い板で急ごしらえの水板は、雨ざらしでぽくぽく腐っていたところから、水の突当たる力で折れてしまった」のだ。せっかくみんなで力を合わせてやった作業が水の泡になってしまった。その時「火事だ！火事だ！」と叫声が聞こえてきた。乾燥場から出火していたのだ。女工達は「走りながら裾をからげ」、「高い建物と建物の間の石炭殻の道」を「あつまって来た」。ひとかたまりの小作人は、「短い間に刺し子の火事頭巾で顔を包み、手に手に鳶口を持って、繭籠の上を踏んで行った」。「四方の窓からポンプの筒口がとど」き、「水は強い圧力をもって煙の立っている繭の山に注ぎかかった」。多量の水が注ぎかけられると火は燃え上がらなくなったが、それでも小作人達は放水を止めなかった。「あ、もうそれで沢山、沢山、それで沢山」と工場主は「繭へ水をかけるのをとめ」るように命令したが、「何が沢山だとえ」と親の代から山大の小作人で苦しまされて来た一人の青年が言い、水を注ぎ続けた。「もう沢山。沢山。そんなに水をかけたら繭が使いものにならなくなっちまう…」と工場主は繭が濡れることを心配し、憤っているように繰り返し止めるが、「何だって、今一度言ってみろ」と青年は工場主の言うことを聞かず、いくら止めても水を注ぎ続けた。そして、鳶口を工場主の方に向け、「水の圧力で後に倒れ」させた。

鳶口の数がどんどん増えていき、「濡れて立っていた女工たちは目の前で、刀のように斬り込んで行く無数の鳶口を見」て、「こわしっちまえ！」「こわせ！こわせ！」と叫んだ。庇や壁などが次々と落ちてきた。今まで女工達以外の労働者が水をかけて工場を打ち壊そうとしていたが、今は女工達も加わり、「つぶれたバケツでぬれた石炭殻をすくい込み白い繭の山に向って投げ込んだ」。「一杯にすくい込んでは窓ぎわまで行って奥へ投げ込み、戻って来ては、ぬれた地面へかがんでじゃりじゃりすくい込んだ」。工場主は、以前検査官がきた時に「これで、つまらん事の様ですけれど時々こんな芝居でもやって見せると大変な慰安になりましてな」と嘘をつき、工場法に触れるおけいを隠したりして全く引っ掛かることがなかった。それは女工達にとって腹立たしくて悔しかったのだろう。今まで様々な苦痛に耐えてきたが、つもりつもった憤りが一気に噴出したと言える。一方、工場主は今まで思うままに使っていたおとなしい女工達の思いがけない行動に愕然とし、「呆然と見ていた」。

工場は壁が四方から落ちて来て、屋根がない状態になった。女工達は「壁土を棒でたたき落して」いた時にふとあるものに気付いた。「一寸待って！たしかにこれはおけいちゃんの着物え」と言った。「これは、おけいちゃんじゃなしか?」「どこから見つけ出したか！」「あそこの床下の鉋屑の中さ」とあるように、焼け跡から出てきたのは、以前検査の日に乾燥場に隠されたおけいの黒こげの塊であった。県の検査官が来た時に、石田がおけいを乾燥場の中へ入れたが、二時間ばかりして行ってみると、おけいは繭の山の上に高い温度で悶えて死んでいることを発見し、「うろたえて暇をとって出」ていってしまった。資本家だけではなく、資本家の手先である監督も幼い子供の死体を残して逃亡する無責任で残忍な存在であったと言える。先行研究では「「一六歳未満の者及女子」については、労働時間一一時間、深夜業や危険業務の禁止など規制が設けられた[14]」と指摘されたが、おけいは一二歳で年齢的に規則外ではあったが、乾燥場で仕事をしていたわけではなかった。テクストの中にはおけいの労働時間や深夜業に関する叙述もなく、そもそも工場の中でどのような仕事をしていたのか彼女に限っては描かれていないが、おそらくお花やお米のように糸取りしていたと思われる。工場主は工場法に引っ掛らないために幼い子供の命を奪ってしまっていたのだ。そして以前逃亡してしまった石田は、工場の消火活動にあたった青年達が検挙される際に一緒に引っ張られてきて、おけいを隠すことについて「自分はまずかったがそれにしても平常の叱咐どおりに、幼年工をかくしたにすぎなかった。それが、死のうと死ぬまいと、それは、雇主の責任」なのであって、おけいを「殺した罪は当然山大の工場主が負ってくれるだろう」と思った。しかし、工場主は「引張って来られ」ず、全て石田のせいになってしまった。

また、工場で消火活動が行われたその「夜のうちに」青年達は「皆検挙されて」しまい、女工達も留置場に連れていかれた。「平常小作料の不満などを表面に出して言って居た者は老人までも寝て居る所をたたき起され」、「三十九度の熱に苦しめられていた」啓作も、「制服巡査に引立てられて行った」。工場主は工場法違反になるような様々なことをやってきて、女工の命を奪うような犯罪もおかしていたにも拘わらず、何の罰も与えられなかった一方、直接作業場の破壊に関わっていない労働者までも検挙され、「どんな弁解も用をたさなかった」。

このように女工達は工場主に対する反感をとうとう爆発させ、他の労働者と団結して復讐することに成功したものの、自分達の収入源を失い、最終的に男達は検挙されたままで、女達は荷車に乗って町へ帰ることになり、家族はばらばらになってしまった。

おわりに

「工場づとめは地獄づとめ／金のくさりがないばかり／かごの鳥より地獄よりも／寄宿舎住いはなお辛い／（以下略）」[15]という女工唄に歌われている当時の惨めな女工生活は、本テクストからも読み取れる。劣悪な作業環境の中での長時間労働、不十分な休憩、寄宿舎の不衛生な生活環境が若い女工の健康に重大な害を及ぼしていた。就労時間中だけでなく、休憩の時間や就労後の時間も体を休められず、外出も制限され、資本家の束縛から少しも解放されず、心身共にむしばまれていた。幼年工のおけいは、大人の女工達にいじめられ疎外され、二重の虐待を受けても子供ゆえに自分の感情を言語化できず、辛い思いをした上に命まで犠牲にしてしまった。お米は待望していた胎児の命を失うだけではなく髪の毛も奪われ、十分な補償ももらえなかった。お花は、夫が突然解雇されることによって、家族とばらばらになり独りで残って寂しい思いをし、資本家の私利私欲を意識するようになっていながらも、当初は〈涙〉することでしか自分の気持ちを表現できなかった。その後、他の女工に刺激を受けても言葉で反抗を示すに留まり、行動を起こすまでには至らなかった。

女工達に工場主に立ち向かう勇気を与えたのは、同じく酷使の対象となっていた小作人達の行動であった。それまで工場主に対する不平や不満を持ちながらも、家計を支えるべく辛抱して働いていた女達も復讐する女達へ変わっていた。テクスト末尾における男女の団結は、『殴る』（『改造』一九二八・一〇）のぎん子の孤独な闘いとは対照的といえよう。

一八九七（明三〇）年から一九一六（大五）年までの間に、大小の工場で二〇件にのぼる製糸労働者の闘争が記録[16]されているが、労働者が労働組合を作り、組織的に活動するに至るのは大正末年になってからであった。本テクストは様々に抑圧されても、助けてくれる組合のような組織のない労働者の苦悩を描いている。

本テクストはかつて評価されて来なかったが、工場の中での苛酷な労働現場や底辺の女性への搾取をリアルに描出し、資本主義社会における幼年工使用、予告なしの馘首、長時間労働、低賃金、不十分な休憩、不衛生な寄宿舎、作業中事故の不十分な補償、就労後の束縛（労働問題）、資本家と夫による二重の支配・搾取、仕事・家事・育児による二重三重の負担（女性問題）、流産・乳児との分離による母親の苦しみ（母性保護の問題）、母親との分離・託児施設の欠如による子供の苦しみ（乳幼児保護の問題）、同じ立場にいながらも女工間に起きる階層化（階層問題）などの諸問題をうまく組み込み、当時の実情を世に訴える力をもっていたのではないだろうか。また労働法を無視するブラック企業が多数存在する現代社会にも通ずるテーマを扱っており、今日的意義も持っていると言えよう。

注

（1）「葉山嘉樹と平林たい子」（『文学』一九五八・一一）

（2）「平林たい子――初期の世界――」（『文芸研究』一九七六・三）

（3）「平林たい子の労働小説――階級・性・民族の視点から」（『国文学 解釈と鑑賞』二〇一〇・四）

（4）製糸業の発展における女性の役割について、小島恒久『ドキュメント 働く女性百年のあゆみ』（河出書房新社 一九八三・七）を参照した。

（5）女工数のデータについて、隅谷三喜男他『日本資本主義と労働問題』（東京大学出版会 一九六七・二）を参照した。

（6）罰金制度とは、糸の繊度、切断数、抱合不良などのような過失があった場合に女工が罰金を払わなければならないもので、女工の不注意を防ぐと共に、女工にできるだけ賃金を支払わないようにする手段であった。佐倉啄二『製糸女工虐待史』（解放社 一九二七・三）を参照した。

（7）本テクストでは、おけいという幼年工が検査官の訪問の際に、繭の乾燥場に隠されるという描出がある。一九一六（大五）年に最初の工場法が施行され、労働者に年齢制限ができた。この時最低年齢が一二歳に制限されたが、一二歳未満でも軽易な業務には条件つきで使用できるという抜け道は残った。その後一九二六（大一五）年に工業労働者最低年齢法が施行され、「一四歳未満ノ者ハ工業ニ之ヲ使用スルコトヲ得ズ」（江藤玄三『改正工場法註釈及工業労働者最低年齢法』金刺芳流堂 一九二六・七）とあるように一四歳以下の者の就労が禁止された。一二歳のおけいは「工場法にふれる」という叙述から、テクスト内時間は一九二六（大一五）年から初出発表年の一九二八（昭三）年の間と定めることとができる。
（8）注（6）に同じ。
（9）注（7）の江藤玄三『改正工場法註釈及工業労働者最低年齢法』と同じ。
（10）注（4）の小島恒久『ドキュメント　働く女性百年のあゆみ』に同じ。
（11）「繭が岐阜の山路から洪水の様に駅にとどいて来る季節」になるとそれを積んでいた荷馬車が幾台も狭い道を通り、村の人々がいやながらも「荷馬車に道を譲った」。付近一帯が山大の所有地であったので、高い年貢をとって貸しながら、自分の土地を自分の家の馬が通るのだという尊大な態度で馬車を往復させ、周囲に迷惑をかけていた。
（12）改造社　一九二五・七
（13）子宮筋腫については、渡辺優子『子宮筋腫――女のからだの常識』（河出書房新社　一九九六・一二）を参照した。
（14）注（3）の岡野幸江「平林たい子の労働小説――階級・性・民族の視点から」に同じ。
（15）山本茂実『ああ野麦峠――ある製糸工女哀史』（朝日新聞社　一九八八・五）から引用した。
（16）楫西光速他『製糸労働者の歴史』（岩波書店　一九五五・一〇）を参照した。

第二部　社会運動内部での葛藤

第一章　『非幹部派の日記』――女性社会運動家の成長――

はじめに

平林たい子『非幹部派の日記』（『新潮』一九二九・一）は、小堀甚二とたい子本人をモデルとした、夫の石田と妻の「私」の夫婦を主人公としている。本テクストでは社会運動に携わる夫婦の日常や、その指導部の観念的偏向に疑問を抱く二人の様子が描かれている。「私」も夫も運動方針に対し疑問を感じつつも活動をしていたが、ついに夫が逮捕されてしまう。「私」は一人で運動を続けるが、結局捕えられる。留置場で仲間たちのやり方にまたも疑問を感じた「私」は、初めて反感を露にするのだった。

テクスト内時間は、「議会解散請願運動」とあり、これは労働農民党に左派を受け入れるよう要求した議会解散請願運動[1]を素材としているので、一九二六（大一五）年から二七（昭二）年の間と特定することができる。

平林たい子のプロレタリア文学の代表作であるにも拘わらず、主たる先行研究は、小原元・中山和子両氏の論だけであり、それもテクストの詳細な分析ではなく指摘に留まっているものといってよい。小原元氏は「作者の我意の強さが、ねらうべき政治意図を十分文学形象化せず、主題をそれたデテエルに感覚的冴えをみせたのである。意図は、この作家の、理論的背景としての労農派の屈従的主張の文学的な表現である[2]」と批判している。他方、中山和子氏は「主観的善意にもかかわらず」、「現実を現実として、ありのままに見据えるレアリストの肉眼をもつことによって、日本の革命運動の現状に、正当な批判を提出[3]」したと肯定的に評価し、正鵠を得ていると思われる。しかし、本テクストは、革命運動への批判だけに留まらず、一人の女性社会運動家の困難な状況下での内的変化をリアルに描き出している点に、優れた特色があるのではないだろうか。

本章では、当時のプロレタリヤ文学運動の状況を確認し、「私」の運動に対する姿勢の著しい変化と社会運動家としての成長を明らにしたい。また、色彩表現を多用するという創作技法にも注目してみたい。

1　プロレタリア文学運動の状況

社会運動家の夫婦「私」と石田の生活においては運動が重要な意味を持っており、運動が中心になってすべてが展開している。「私」と石田の考え方や行動は、当時のプロレタリア文学運動と呼応していると考えられるため、ここでは運動の変遷について確認したい。

まずテクスト冒頭部分の「私」と石田の行動についてみてみたい。

研究会がすむと皆立上がって低い天井の下でオーバーの袖をとおした。（略）坐っていると誰よりも膝の高い石田が、立つと、学生たちの耳のあたりしか背丈がなかった。鉄工場の労働で腰が据わっている姿勢で、両肩が、硬ばった労働服の中で厚い肉をのせて垂れていた。それが殺気立った感があった。労働を知らない学生たちは葱の様に伸びた背丈を持っていた。

「私」と石田は、学生たちと共に「研究会」に参加していた。この「研究会」とはマルクス主義芸術研究会（以降「マル芸」と記す）のことを指していると考えられる。中山氏の「日本の革命運動の現状に、正当な批判を提出」しているという指摘に関わる点であり、石田の運動への疑問の内実を明らかにするために、まず「マル芸」の出発について確認しておきたい(4)。

『文芸戦線』は、一九二四（大一三）年六月に創刊され、翌一九二五（大一四）年一月に休刊に陥ったが、同年六月号より再刊し、マルクス主義思想のもとに立つことを明確にした。『文芸戦線』同人の積極的活動家は、既にこの時までに、一九二五（大一四）年一二月に創立された日本プロレタリヤ文芸連盟の設立及び同連盟の発展のために働き、一九二六（大一五）年一一月同連盟からマルクス主義に反対の立場に立つものを一掃し、連盟をマルクス主義の思想と理論に導かれるプロレタリヤ芸術団体とすることを宣明した。同時に、日本プロレタリヤ文芸連盟を、日本プロレタリヤ芸術連盟と改称した。当時及びその後のプロレタリヤ芸術運動の発展に重大な影響を与えたのが「マル芸」であった。この会は、当時東京帝大の学生だった林房雄の主唱で創られた同大学内の新人会系のサークル、社会文芸研究会から発展的に生まれたもので、マルクス主義的芸術理論や芸術のマルクス主義的研究を主眼とするものであった。会員は社会文芸研究会時代からの林房雄・中野重治・鹿地亘・小川信一・谷一・佐野碩らの東大学生らの他、千田是也・小野宮吉・八代康・山田清三郎・葉山嘉樹・岩崎一らで、学生以外の者は、学生側からの要望で参加したのである。

一九二六（大一五）年九月に発表された青野季吉の「自然生長と目的意識」（『文芸戦線』）は、自然発生的なプロレタリヤ文学に、階級闘争の目的を自覚した目的意識を植え付けるべきであると説かれていた。「マル芸」ではさっそくこれを問題にのぼらせ、研究しあった結果、一〇月の『文芸戦線』に、谷一の「我国プロレタリヤ文学運動の発展」がよせられた。青野の目的意識注入論は、谷一によって大衆の社会主義政治闘争の発展のための教化運動に止揚さるべきものとされたのである。これは、プロレタリヤ文芸運動の方針に対し、「マル芸」が行った最初の発言であり、プロレタリヤ文芸運動と政治闘争との結合の問題を提起しながら、同時に福本イズムを芸術運動の中に持ち込んだ最初のものであった。一九二六（大一五）年から一九二七（昭二）年にわたって、左翼運動においては福本イズムが風靡していた。

次に、福本イズムの主張と左翼運動における位置についても、みておこう。(5) 福本イズムとは、「無産階級運動の方向転換」（『前衛』一九二二・八）を書いた山川均の山川イズムを「折衷理論」「右翼的偏向」と批判した福本和夫の「山川氏の方向転換論の転換より始めざるべからず」（『マルクス主義』一九二六・二）から生じた主義主張である。山川イズムは、社会主義運動の先覚者や組合運動の前衛が、大衆から離れて活動するのではなく、大衆の中に入り大衆を動かすことを目指すものであった。それに対し、福本イズムは、政治運動へ力点を置いた方向転換であり、無産階級がただ漠然と政治的に結合するのではなく、その前に社会主義的政治意識を持ち、思想的に分離しなければならないと説いた。福本イズムはインテリゲンチャや戦闘的労働者に歓迎されたが、あまりにも政治主義的な、観念主義的傾向に陥いり、マイナスの作用をした。「マル芸」では学生外会員の中の二、三を除いては、全体として福本イズムの著しい影響を受けていたといわれている。

詳しくは後ほど触れるが、石田は研究会の内容について「どうも観念論の様な気がする」と言い、それは、「研究会のテキストになっている福本和夫のある代表的な理論」、つまり福本イズムのことを言っているのであった。石田は福本イズムを「観念論」、すなわち現実を離れた理論としてマイナスの評価を与えていると言える。また、「一時のジャーナリズムを信じて山川氏の論文などは碌々読みもせずに、折衷主義だとか何だとか片付けておいたのは怠慢だった」とあるように、石田は山川イズムの批判者として現れた福本イズムを批判する。しかし、福本イズムに疑問を感じつつも、運動が複雑に推移するなかで、直ちに行動に加わらなければならなかった。以下はテクストの後半で石田夫婦が「議会解散請願デー」のビラを配っている場面を引用したい。

議会解散請願運動日のビラを同志が置いて行った。二千枚というビラは玄関の凸凹な畳の上にズシンと重く置いてあった。（略）石田と半分ずつ分けた重いビラを提げているので、首に慣れない毛織物がちかちかするのを我慢した。（略）私はばらばらな気持ちになって次から次からビラを渡して少しずつ歩いて行った。

大正末から展開された「議会解散請願運動」とは、労働農民党結党を機に浮上した運動なので、その経緯をみておきたい(6)。一九二六（大一五）年三月、総同盟を中心とする右派のイニシアティブによって無産政党として労働農民党が結党されるが、成立当初から組織構成について論争を呼んだ。その一つは、評議会その他左派の排除の問題であった。同年七月に左派の排斥に直面した評議会は、八月に「労働農民党三団体排斥反対」に関する声明書を発表し、「労働農民党を労農大衆の手に奪還するために敢然と戦わざるをえない」と結び、全国的に支部承認運動を積極的に展開しはじめる。このように評議会を中心とする左派的労働者が高姿勢に転じはじめた時、従来、協同戦線党論、単一無産政党論をもって評議会その他に譲歩を強いていた山川均は、この現実にとまどい、「労働農民党と左翼の任務」（『マルクス主義』一九二六・九）を発表し、いわゆる左翼進出論を展開する。左派の攻勢は、支部承認運動と共に、耕作権・団結権・罷業権の確立のための大衆的請願運動の提唱となってあらわれ、九月以降全国的に大きく展開し、一〇月一九日に「議会解散請願運動全国協議会」が開かれるまでに至った。そして、労農党が門戸を開放して真に階級的単一政党を要求することを決議した。

その後、一〇月二四日、労働農民党の総同盟右派は、左派への門戸開放に反対し、労働農民党から脱退し、一二月五日社会民衆党を結成した。また、一二月九日、総同盟反幹部派と日本農民組合脱退派の中間派は、日本労農党を結成した。このように「単一無産政党」組織を目標にしてスタートした政党組織運動は、労農党・日労党・社民党という三本立が確立し、これに伴って労働戦線も三つの系列に分散して在立し、相互に対立抗争を続けるという結果を生み出したといわれている。

石田と「私」が関わった二回の「議会解散請願運動」の内実は、以上のような背景を持っていた。

2 「どういう行動をとるべきか」

このような政治的状況下で活動する「私」と夫石田の心情についてみていきたい。これまで指摘されて来なかったが、本テクストにおいては色彩語がたくさん散りばめられている。白・赤・黒・黄・青・灰・地・桃・カーキの九色である。同時代に発表された『殴る』（『改造』一九二八・一〇）については横光利一の「新感覚派の作風に近づいたもの」とする指摘がある。『殴る』同様本テクストでも、モダニズム文学の感覚に訴える斬新な表現方法が効果的に使われていると言えるため、色彩を軸に検討していきたい。もっとも多く現れている「白」、「赤」や「黒」を対象にする。ここでは「白」と「赤」を手掛かりにみていく。

前述したように、「私」と夫は学生たちと共に研究会に参加しており、この研究会とは福本イズムのテキストの「文句」を覚え、みんなで「討論し合う」会である。研究会が済むと学生達は「立上がって低い天井の下でオーバーの袖をとおし」、帰る用意をするのだが、石田だけは「未だ座ったままで鉛筆を舐め、本の一箇所にアンダーラインを引いている」。「オーバーで幅ひろくなった一人の影が本の上を暗く遮った」時に、石田は「暫く頭をあげて遮った男を見上げ」ると、「ノートを内ポケットに入れるために左の腕をひろげると窮屈な上衣の脇の下の綻びているのが「白」く見える。石田は「何か考えながら立上」る。長靴を取りに行くと、「カタンとニュームの鍋がコンクリートの流しに落ち」、「けたたましい音」がするが、石田は「その音が耳に入らない様に、自分の低い鼻梁のかげに視線を落しながら、畳の上を泥のついた長靴を振ってきた」。石田はさっきから「何か考え込んでいる」のだ。外に出ると、「雪」が降っており、「長靴の爪先に白い雪がさらさら散って落」ちていた。「雪だわね」と「私」に言われると、石田は「…うん」と「暫くしてからとんちんかんに答え」、まだ何か考えていたことがわかる。石田は研究会のことが気にかかっていたのだ。

石田の研究会に対する思いは、「純粋、潔白」[7]、「無垢」[8]などを象徴する「白」で表されている。それはすなわち、研究会に対する純粋な姿勢から生まれた疑問と解してよいのではないか。また、「白」の連想語とされる「雪」について、「雪は汚れていないとき、野原に均一に広がり、単色の風景を作り出し」、「雪だけが純粋さを示唆する」[9]と描写されているが、同様の解釈ができるのではないだろうか。「批判というものを全く持たないで、ただ九官鳥の様に本の文句の一節だけを覚えて来て討論し合」い、「暗記して来た文句の一節一節を、呪文を研究する行者の様に互に投げ掛け合」い、「どちらがより多く暗記力を持っているかというメンタルテストを行うに過ぎない」というところに石田の研究会に対する不信感が表れている。研究会は石田の「要求とは」「遠いもの」で、彼は「だんだん不愉快」になっていった。さらに、研究会のテキストは「センテンスが長い代わりに、てにをはを省いて棒を沢山使った福本の文章は、唇で暗誦してみると格子の様な素っ気なさ」があり、学生たちの「弱い心臓には合っても」、労働者である石田の「圧力の強い心臓」には何か足りなかった。「たしかに観念論だ…」と石田は「確信を持った」ように繰返したのだ。石田にとっては、研究会のテキストの内容のみならず、研究会の形式についても疑問を持つばかりであった。

では、夫と共に研究会に参加していた「私」はどうだったのだろうか。夫に「どうも観念論の様な気がするんだ」と言われると、「ほんとよ」と「私」は答える。しかし、その後研究会で得た疑問を持ちこたえかねるために電車の中でも「研究会のテキスト」を読んでいる石田を見ると、「私」がテキストである福本の文章を研究会の学生たちのように丸暗記していたことに気付き、「独立した意見のない自分を嘲け」笑った。

吊皮で揺れながら、私は彼をまじまじと見下した。「事物を媒介性に於いて観察し得べく、またしないでは居られない…」そんな言葉が泡沫の様にぽくりと頭に浮かんで来た。それは研究会のテキストの冒頭にあった一句である。いつの間にか私もそんな言葉を鵜の様に呑込んでいたのであった。少しおかしくなった。（略）セルロイドの白い吊皮のかげで、私は独立した意見のない自分を嘲った。

「私」には、夫の指摘をきっかけとして自分が運動に対して無批判であったという自覚が芽生えたのだ。「本当に日本の資本主義は没落に瀕しているであろうか、それを証明する統計は未だどこからも示された事がない」、「研究会でも」「皆、具体的な事実をあげ得ずに抽象的なことを言い合った」と研究会に対して疑問を持ち始める。「私」に自覚が芽生えた場面で「揺れ」る「白い吊革」が登場している。「白い吊皮」には「私」の運動に対する純粋な姿勢から生まれた疑問や不満が象徴されているが、同時に「吊革」が揺れていることには、「私」の揺れ動く思いが表れている。

以上は研究会のあり方についての考えだが、研究会の運動方針についてはどうだろうか。夫は、「後れて発達しつつも今や世界資本主義の没落に…」という「議会解散請願運動日のビラ」を読み、「このビラの意味がそこいらの商人や会社員にわかるだろうか」と「暗い顔」をし、運動方針に問題があることに気付いている。しかし、「どういう行動をとるべきか」はわかっておらず、「確信がつかない間」「体を動かせない」と言った。一方、夫の「煩悶」は「私」にも「よくわかる」。それは「私」の「煩悶」でもあったとあるように、「私」も夫同様に運動方針に対し、不信感を抱き始めていたのだが、「左翼といわれる人々は、皆、何の疑問を持たずにどんどん行動」しているので、自分たちの「煩悶」は「過ち」なのかと迷っている。「自分も二つの対立意見をきくだけで判断せずに、積極的に調べてみる意志を持たねばならない」と考える「私」は、夫に気付かされた疑問を自ら確かめたいとする。「難解な本をよむとすぐ目がうるみ、肩が背骨の方から凝って来る」「毎日こうして背を丸くして火鉢にあたっている」とあるように、「私」は夫同様に「研究会のテキスト」を繰り返し読む一方、体を動かせないという夫と違って、行動することによって運動に対する疑問や迷いを乗り越えようとする。

「私」はビラを配る行動を起こすのだ。

風が吹く。頬が冷えて固くなって来た様な心地だ。赤い頬が無化果色になって来たのがわかる。（略）私は赤い停留場票の柱のかげに立った。（略）私は、指に唾をつけて若い女にビラを渡した。赤い手袋の手で受取った。すぐ後に来た、靴を提げた男にさし出すとよけて通った。少し傷けられた。いそいで唾をつけ二枚重なっているまま（略）次から次からビラを渡して少しずつ歩いて行った。

運動をしている時の「私」の心情は「赤」色に象徴されている。「赤」とは「革命、情熱、肉体、感情、勇気、激情[10]」を象徴する色彩である。政治的には「赤」は革命、社会主義、共産主義を象徴すると言われている。社会主義、共産主義を象徴する旗は「赤旗」である。寒い中一所懸命にビラを配っていることに「私」の運動に対する情熱が見られると共に、「私」の行動における静（白）から動（赤）への変化が見られるのではないか。「一千枚のビラを配るのは容易な事ではない。当座配るだけを手に持ちあとを包んで左の腕に引掛けていたが重くって幾度か腕から外した。赤い手に食い込んだ風呂敷のあとだけが白くなり、そこに、なかなか血が戻って来なかった」とあるように、悲惨な状況の中でも積極的に行動を起こしている「私」の様子が窺われる。しかし、一般の人々にビラを渡そうとすると受け取らなかったり、受け取っても読まずに捨てたりする人が多かった。「私」はビラの「文句に微な苦痛」

を感じ、「ばらばらな気持になって」も「次から次からビラを渡して」いく。後から来た仲間のA氏に「御苦労さま。帰ろうじゃありませんか」と言われると、「私」は「ええ」と言いながら、「だって、まだこんなに残っているもの」と、「未だ通行人の方へ赤い手を伸ばす」のであった。しかし、「おい、帰ろうじゃないか」「こんなビラをいくら撒いたって人は集まりやせんよ」と夫に押しとどめられると「私」はビラを配ることを止めるのだ。それは「こんなビラは配ったたって冗だ」に示されるように、実際に行動することによって「私」自身も夫同様に観念的なビラを配っても仕方がないとやはり実感したからである。ビラを配らなかったことは「少しも非階級的な行動じゃない。むしろ配る事こそ非階級的な位だ」と「私」は考えるが、残して来たビラを同志に見られたくなかった。「二重の私」である。二つの「私」が、「鏡の中の顔と実物の顔との様に互に目を見交わして」いた。「私」は仲間に卑怯者だと思われたくないから「人に対する見栄」で運動をしている自分と、運動方針に対して疑惑を持つことによって動揺する自分を見詰めている。

運動の方針に対し、自覚がなかった「私」の中に、夫から指摘されたことをきっかけとして疑問が芽生える。夫に気付かされた疑問を自ら確かめたいと行動を起こすのだが、実際に「どういう行動をとるべきか」分からず、「人に対する見栄」と疑問との間で揺らがざるを得なかった。「私」は一人の自立した運動家としてはまだ成熟していない状態にあった。

3 「確信がつい」た

その後、夫婦二人はどういう行動をとっていくのか追ってみよう。

いよいよ「請願デー」がやってくるが、「私」は寒い中ビラを配ったことで熱が出てしまい、「請願デー」には参加できなくなる。家で仕事しようと思うが、やはり運動のことが気にかかり、研究会のテキストを読み始める。テキストを読んでいると、「土の上を風が吹いて釣堀に黒い波が立った」ように感じる。黒とは「悲しみ、絶望、死、悪」[11]を象徴する色なのだが、「私」は運動に対して絶望的になっていたのではないか。「私」は「何の確信を持たずに人に追随して行く」ことができず、「人に対する見栄」では運動ができないことを自覚するようになっていたが、「どうしたらいいいか」まだ「わからな」かったのだ。一方、石田は「おくれて発達しつつも、今や世界資本主義の没落に合流せる我国資本主義は、最後の断末魔の力を以て…」と運動のために使うビラを詰まった鼻を鳴らして読み、それで「鼻をかんだ」。その結果、「円い鼻の頭は印刷インキで少し黒く」なるのだが、彼のこの時の運動に対する思いが「黒」に象徴されていると言える。石田は運動に絶望していたのだろう。

「請願デー」から帰ってきた石田はその日のことを「私」に話した。石田は「請願デーは、警官の人数の方が多く、「腕を組んで上野の山を駈け降りた時に、赤旗の沢田が××のためにもぎとられた」が、自分は「運よく」「人混みの中に逃げ込んだ」と言った。逮捕された沢田の方を見て、そこでバスを待っていた女達が「掏模よ一寸掏模よ」と振返ったことに対し、石田は悲観した。「まるで大衆と離れた所で少数が固まっていい気になっているんだからねえ」とがっかりしたように話し続けた。「これからはただ批判的になって消極主義を取っているだけでなしに、積極的にどんどんこちらの主張をとおしてやるぞ」とあるように、これまでの運動の方針が観念的で大衆と乖離していることに「確信」を持った石田は、それを主張する決断がついたのだ。一方、「私」は「左翼の運動に無批判に追随するのは危険だ」と「強く言い切る自信」がなく、踏み出すまでには至っていないが、夫と共に「どんな障害があってもこの極左翼的傾向とたたかって行くことを誓い合った」。

二人は「第二回請願デー」を迎え、今度は「私」も参加した。石田は「赤旗の男達」と「話に夢中」になっており、「私」は彼らの話の内容を聞きながら進んでいった。これまでは左翼の運動方針に疑惑を持っていたのが、「私」

と夫だけだったのだが、いよいよ「赤旗の人達」も「左翼の指導意見に、だんだん激しい疑惑を持つようになっていた」。それは石田が「確信」を持ち、積極的に自分の意見を主張し、仲間たちを納得させ、仲間と共に行動を起こすようになっていたからである。今は「無条件に追随しようとしているのは、学生上がりの連中だけ」だった。仲間と話しながら、進んでいた石田は「珍し」く「唇が真赤」だった。「いつも乾いて皮が白く見える下唇が真赤に濡れ、濁った声の底に押ししずめている癇癪がある」と描かれているように、ようやく夫には運動に対する情熱が湧き上がってくるようになり、夫の行動は静（「白」）から動（「赤」）へと変化する。

その時、二人の視野に入らない「近い所にあった交番から、ずかずかと二人の巡査が出て来た」。「巡査の黒い態の様な、艶のない冬服」は、どこを動いていても妙に「私」の目を惹いた。「黒」とは抑圧の象徴で、「黒服」は警察の象徴であるが、「私」は運動している自分たちが警察に捕まえられるのではないかと心配していた。いつの間にか、石田が捕らえられ、「この女も一緒だろう」と「私」も逮捕されそうになる。「私」は逃げ出すことができたのだが、運動をすることは命がけだという現実に直面した。警官や特高に捕えられるということは、激しい拷問によって命の危機に曝されることを意味するからだ。それまで迷いながら、行動していた「私」にとって、夫の逮捕は運動に対する姿勢の転換の契機となった。

「私」は自分の使命を諦めず、仲間の集合場所を探しに向かっていく。「芝生への入口で」、「工場地帯にある党の支部の仕事をやっている」女達に会う。「人数がふえると誰の口からともなく「民衆の旗」」を歌い出す。その時「私」は、仲間の今川という女も警察に逮捕されたことが目に留まる。回りを見ると、「集まった人間の三倍の刑事」がおり、「二三人でも集まるとすぐに引張って行ってしまう」という厳しい状況に、「何処へ集合したらいいのだろう」と「私」は悩む。「やはり、ここでも与えられた絶望をどうすることも出来なかった。労働者や小市民らしい顔は一人も目につかない。皆眠そうな顔をした学生ばかりだ」とあるように、「私」は権力に追い詰められて身動きが取れないことや、同志が少ないことに絶望を感じるのだった。「下駄の鼻緒が切れそうになっていた」が、「私」は周りの様子を見ながら進んでいった。ふと「目の前に大きい男」が現れ、「男の顔が黒く」見えた。「高等係りだ。しまった」と思うように、その男は特高だと気付いた「私」は足を返そうとするが、「ぽきんと鼻緒が切れ」、「私」も捕らえられ、近くの警察へ連れて行かれる。

留置場に着くと、昼に逮捕された仲間の今川と他にも知っている仲間達がおり、「検束に対して如何に抗議運動を起こすべきかについて討論会」が開かれていた。「我々はつねに、たとえどんな僅少な権利でも我々が×××に獲られた事はないということを忘れてはならない」、「結果として」「再検束、或は拘留等のうき目を見るかも知れないが、「それを避ける為に××を避けることは…出来ない」と今川が言うと、「議長、議長、只今の展開に大賛成であります」、「我々は即刻、男子達と共同戦線を張ってデモを行わなければならない」と、年長の芳野が「再検束」を「避ける為に」「デモ」をすることを提案する。それに対し、「賛成」「異議なーし」と力強い賛成の声が投げられ、皆「くるめく轍⑫」という革命歌を歌い出すのである。「私」も「唇を動かしながらついて歌った」。歌の声が聞こえると、警部補が重い鍵をあけさせて入ってくる。すると、「皆の声がひるんで、いつの間にかやんでいた」。それが「私」には「可笑しかった」。「デモンストレーションの為にうたう歌なら、×××が来た機会こそ一番有効な時機であろうに」と思った「私」は「×××の顔をまじまじ見ながら歌をやめなかった」。仲間が歌いやめても、「私」だけが歌い続けられたのは、以前のように「人に対する見栄」でもなく、人に追従するのでもなく、運動に対する自分自身のはっきりしたスタンスを持つようになっていたからだろう。警部補が黙って出ていくと、「今度はデモの為に演説をはじめたい」とあるように討論会が続けられた。その時、「異議あり」と「私」は初めて反対の声をあげる。

「要するに、ここを一刻も早く出て外の仕事に戻って行くのが、今の一番重要な目的なんでしょう。それなら」

言葉が殺到して来て私は吃った。

客観的に考えてみて、演説や唱歌の効果は、検束をのばし、拘留の口実を与えるための効果にはすぐに役立ちそうだが、一刻も早く釈放させるための示威にはあまり役立ちそうもない。そんな演説を真似などで気持だけ闘争気分に浸っていい気になるよりも、真面目な研究会でもひらくことにしたらどうだろう。私は皆が、ここでも、実質的なものよりも気分の方を重要視していることを苦々しく思って言った。

以前から研究会や運動方針に対して疑問や疑惑を持っていた「私」は、今回も再検束の予防対策に対しても疑問を感じたのだ。しかし、以前とは対照的に「私」は、「独立した意見」を持つようになるという変化を示したのだ。「私」は今回の検束のことだけでなく、研究会に関しても自分の意見を吐露することができた。当初運動家として未熟だった「私」は行動をする中で様々な体験を経て成長し、夫の検挙を契機として自立した運動家になっていた。また、「どんな障害があってもこの極左翼的傾向とたたかって行く」と、以前夫と誓い合った「私」は、夫と一緒に運動ができなくなっても、自分の使命を諦めず、最後まで闘っていくことができたのだ。

おわりに

本章では、色彩を手掛かりにし、「私」の社会運動に対する心情の変化を明らかにした。当時のプロレタリア運動は過渡期な状況にあり、そんな状況の中、迷いを抱えながらも「私」と石田は活動をしていた。当初運動の方針に対し、自覚がなかった「私」の中に、夫から指摘されたことをきっかけとして疑問が芽生えた。「確信がつかない間」動けないという夫と違って、「私」はビラを配る行動を起すことによって、夫に気付かされた疑問を自ら確かめたいとするのだが、「人に対する見栄」と疑問の間で揺らがざるを得なくなり、夫にとめられると止めてしまった。「私」は確信を持って行動する姿勢を貫くことができなかった。

「私」の運動に対する姿勢に劇的な変化をもたらしたのは、「第二回請願デー」に「私」と一緒に運動をしていた夫の逮捕であった。「私」は運動することが真剣勝負であるという切実な現実を突きつけられ、自覚的に闘うことを選ぶ。夫がいなくなっても、「私」は一人で運動を続けるが、結局、夫同様に捕らえられる。「私」は留置場にいた他の仲間の運動のやり方にまたも疑問を感じ、初めて自分の考えを吐露する。このように、決意を固めた「私」は自立した運動家として成長をみせ、最後まで闘うことができたのだ。

たい子は本テクストにおいて、当時のプロレタリア運動主流派に対する批判を、感覚に訴える色彩表現をもって描き出している。昭和初期のプロレタリア文学と並んで二大潮流を成したモダニズム文学の手法[13]を取り入れているのだが、新感覚派のような斬新な感覚表現を目指し、色彩に独自のイメージを込めてはいない。色彩の持つイメージを常識の範囲に留めたのは、読者、すなわち一般大衆にも政治思想を分かりやすく伝えたいという意図によるものだろうと思われる。

本テクストはプロレタリア文学が目指した政治的主題だけではなく、本章で検証してきたように、天皇制国家の下で国家権力と対峙するだけでなく、革命運動のなかでも対立や葛藤を抱えながら、社会運動家として次第に独り立ちしてゆく女性の成長過程を浮き彫りにしている。当時の革命運動内部の一つの歴史的証言として貴重なテクストであることは言うまでもないが、法律・制度・慣習などあらゆる面で劣位の性と位置づけられていた女性の、身命を賭して運動に邁進しようとするリアルな姿がよく浮き出ていると思われる。表現技法と併せて、これらの点から、再評価に値するテクストと言えよう。

注

（1）「二段に入った請願運動」（『読売新聞』一九二六・一一・一五）の中で「農民組合主催議会請願運動全国協議会は十四日午前十時四十分から大阪市北花区吉野町労働学校にて開催」とあり、さらに「解散請願デー不許可か――労農党の催し」（『読売新聞』一九二七・一・一二）では、「労働農民党を中心とする議会解散請願運動連絡委員会を十一日労農党本部で開き来る十八日全国的解散請願デー開催」という記述がある。

（2）「平林たい子論」（『批評の情熱』雄山閣　一九四八・一〇）

（3）「平林たい子――初期の世界――」（『文芸研究』一九七六・三）

（4）山田清三郎『プロレタリア文学史』（理論社　一九六六・九）を主として参照した。

（5）栗原幸夫『プロレタリア文学とその時代』（平凡社　一九七一・一一）を主として参照した。

（6）土穴文人「「労働農民党」結党・分裂と労働組合の動向――労働農民党・日本労農党・社会民衆党の三派鼎立」（『社会労働研究』一九六七・一〇）を参照した。

（7）日本色彩研究所編『色名大辞典』（東京創元社　一九五四・一二）を参照した。

（8）ミシェル・パストゥロー他著　松村恵理他訳「白――どこでも純粋さと無垢を伝える色」（『色をめぐる対話』柊風舎　二〇〇七・一二）を参照した。

（9）注（8）に同じ。

（10）恵美和昭編『色彩用語辞典』（新紀元社　二〇〇九・九）を参照。

（11）注（10）に同じ。

（12）「くるめく轍」の歌詞は、西尾治郎平他編『日本の革命歌』（一声社　一九八〇・二）によると次の通りである。

くるめくわだち走る火花／ベルトはうなり槌は響く／ここにぞきと鵜黒鉄《くろがね》の／友の腕《かいな》よわれの腕よ／堅く結びて

いざや行かん／われらが赤き旗の下に／搾取のむちは強くとも／暴虐の嵐つよくとも／われらは堅く誓いたる／友の腕《かいな》よわれの腕よ／堅く結びていざや行かん／われらが赤き旗の下に／戦い今やたけなわに／友はかたえに倒るとも／屍をこえて旗を進む／友の腕《かいな》よわれの腕よ／堅く結びていざや行かん／われらが赤き旗の下に／わが行く道は安からじ／目ざすよき日は近いからじ／されどひるまず雄叫び行く／友の腕《かいな》よわれの腕よ／堅く結びていざや行かん／われらが赤き旗の下に

(13) 色彩を「心情の変化」とみるモダニズムの手法は、早くは大正期の新興美術運動を担った木村荘八が『未来派及立体派の芸術』（天弦堂　一九一五・三）中、「立体派の思想及び芸術」の章で、「新印象派の光に対する画論――色彩分割法、補色の原理等――の後を受け、それに反対して立体派は新たなる光に対する意見を樹立した。彼等のいう所に従えば、輝くということは顕われること、色彩を付けるということは暗示の有様を明らかに記すことになる」と、紹介していた。この立場にたって神原泰は、一九一七年一〇月の『新潮』に四篇の詩を発表している。彼らの運動が、昭和のモダニズム文学にたどり着いたことは確かであろう。平林たい子も、その一人であったといってよいのではないだろうか。神原の「後期立体詩」と副題を付した『異端者』という一篇は、次の通りである。

悪魔、悪魔、かがり火／煙突、煙、血、骨、肉／流動よ、抱擁よ／すべての光、すべての傾向、すべての生命の軌轢する心／単的に、直裁に意欲する動脈／意志も知識も運命も超えてひた走る官能／混乱よ嘲笑よ――苦悶よ悔恨よ／おののき／わめき、いらだち、死の誘惑、病める心、反逆／理解されぬ苦しみ／寂しみよ悲しみよ平原、平原、立体／赤／黒、黄、赤、紫／鋭角よ、鋭角よ、直裁、直裁、鋭角

（『定本神原泰詩集』昭森社　一九六一・九）

第二章　『その人と妻』——社会運動家の妻の悩み——

はじめに

平林たい子『その人と妻』（『中央公論』一九三六・三）は、小堀甚二とたい子本人をモデルとした、夫の吉田と妻の一枝の夫婦を主人公としている。吉田の労働運動にのめりこむように情熱を傾ける姿や、夫の時代状況に適応しない性格に苦しむ妻の様子が描かれている。テクストの随所で左翼運動が衰退しているという描写から、テクスト内時間を一九三四（昭九）年から一九三五（昭一〇）年の間と推察することができる(1)。

本テクストは作家の実人生に題材を取っていることから、かつては作家と重ね合わせて論じられることがほとんどであった。円地文子の「性格の合わない夫婦間の愛情の苦しい絆(2)」、小林明子氏の「外見に似合わず夫に対して甘さ、と優しさと夢を求めている。見方によっては可愛い、俗っぽささえ求めている。裏返して言うならば夫を愛している故の願望でもある(3)」という指摘がなされている。中山和子氏の「性格の合わない夫婦」、「矛盾した同伴関係(4)」という評価もある。従来の論では、夫婦の性格の差異が強調されてきたと言える。そして、妻の夫に対する愛情のみ指摘されており、他の感情に関する言及はない。本章では、労働運動が衰退していた時代背景に留意し、夫婦を取り巻く周囲の変化を追いながら、妻の夫に対する複雑な思いを明らかにすることを目的とする。

1　労働運動の衰退

吉田は皮革工上りで、「珍しい革の染色で飯を食って」いる。それと同時に、労働運動に携わっており、自分の家で定期的に組合の会合をもち、運営員をやっている。夫婦の関係を見ていくにあたって、吉田が労働運動家であることは大きな意味を持つ。

まず、当時の労働運動について確認したい。当時の労働運動について『日本労働運動史』(5)において、「昭和六（一九三一）年九月の満州事変の勃発は、日本労働運動に深刻な影響を与え、それが内包していた問題をいっきょに露呈させることとなった。それは《階級か国家か?》の問題であり、具体的には、右派総同盟および中間派全労内部から生じた、国家社会主義労働運動の形成」であったと述べられている。さらに、労働運動の経緯について次のように記されている。

満州事変の勃発に直面して、社民党は動揺し、七（一九三二）年一月の第六回大会では、国家社会主義を主張する赤松克麿派と、安部磯雄をはじめとし、松岡駒吉ら総同盟主流を背景とする、反共産主義、反資本主義、反ファッシズムの「三反綱領」とが対立し、三反綱領に基づく戦線統一の方針を決定すると同時に、「新運動方針綱領」を明らかにした。（略）反共産主義、反資本主義という点でかろうじて統一を保った両派は、四月の中央委員会でまっ二つに分裂し、六一票対五二票で敗れた赤松派は脱退し、国家社会主義新党準備会を結成した。（略）七（一九三二）年春には、労大党の幹部であると共に全労の最高指導者でもあった今村等、藤岡文六等が国家社会主義への展開を主張し、全労中央委員会で七対六で敗れた彼らは、労大党及び全労を脱退して赤松らの国家社会主義新党準備会に合流した。続いて全労委員長大矢省三も全労から脱退してこれに加わったので、全労は委員長をはじめ最高幹部の半数と三、〇〇〇の組合員を失う打撃をうけた。
ところが、国家社会主義派は、七（一九三二）年五月新党結成当日、主導権争いから社民・労大脱退派の日本国家社会党と、総連合を基盤とする新日本国民同盟とに分裂し、前者は支持組合をもって日本国家社会主義労働同盟——同年一一月の創立大会で日本労働同盟と改称し——を結成した。（略）この間に国家社会党の党長となった赤松に、さらに思想上の動揺が生じ、国家主義労働運動は分裂に分裂を重ねた。分裂は国家主義労働運動を弱体化した。運動が行き詰まる一方、日本主義者を切り離した労働同盟の中に、総同盟・全労への復帰の気運が生じ、九（一九三四）年一一月、同盟大阪総合会は総同盟と、東京総合会は全労と合同し、日本労働同盟は事実上解体し、国家社会主義労働運動も姿をけすに至った。

以上のような労働運動をめぐる動揺と分裂は、労働組合運動に少なからぬ打撃を与えたようである。『日本労働運動史料』(6)によると、一九三一（昭六）年以降一九三四（昭九）年までは、組合員の増加も停滞的で、組織率は年々低落していく。組合数は一九三一（昭六）年に八一八、一九三二（昭七）年に九三二、一九三三（昭八）年に九四二、そして、一九三四（昭九）年に九六五と徐徐に増加してはいるが、停滞的であることがわかる。組織率をみてみると、一九三一（昭六）年に七.九、一九三二（昭七）年に七.八、一九三三（昭八）年に七.五へと減少する。一九三四（昭九）年になると、さらに六.七に減少していくのである。このように、組合運動が停滞すると共に、労働争議もまた後退を示す。すなわち、労働争議件数、特に参加人員は、一九三一（昭六）年以降年々減少し、これに伴って、一件当り争議参加人員も縮小し、争議の規模が小さくなると共に、一件当り損失日数も急速に減少する。労働争議の件数は、一九三一（昭六）年において、九九八であったのに対し、一九三四（昭九）年に六二六、一九三五（昭一〇）

年に五九〇へと減少していく。同様に、参加人員も一九三一（昭六）年に六四五三六人であったが、一九三四（昭九）年に三七七三四人、一九三五（昭一〇）年に三七七三四人に縮小するのである。

本テクストの先行小説と指摘されている『非幹部派の日記』（『新潮』一九二九・一）において昭和初期の労働運動の描写を随所に見ることができる。吉田の前身が石田で、一枝の前身が「私」にあたる。夫婦が一緒に運動している描写がなされている。以下は運動家の夫婦が請願運動日の宣伝のために使うビラを読んでいる場面である。[7]

議会解散請願運動日のビラを同志が置いて行った。二千枚というビラは玄関の凸凹な畳の上にズシンと重く置いてあった。

黄色なザラ紙を一枚取上げ、石田は詰まった鼻を鳴らして読んだ。

「おくれて発達しつつも、今や世界資本主義の没落に合流せる我国資本主義は、最後の断末鬼の力を以て…」


「私が振返った時には、既に石田と今一人が巡査の太い袖の腕に捕まえられていた。他の人々は長靴のギザギザな底で走った」とあるように、請願デーに運動をやっている私の夫ともう一人の仲間が警察に捕まえられてしまう。そして、その時、「黄色な肩章のある警部補が出て来」て、「この女も一緒だろう」と言い、「私」も逮捕されそうになる。『非幹部派の日記』においては、他にも、留置場で運動家の「民衆の旗」という労働歌を歌う様子など、運動をしている描写が多々あり、当時労働運動が盛んに行われていることが窺われる。

では、本テクストにおける労働運動の様子をみていきたい。


燃えるだけ燃えて灰になったような色々な運動の分野で、吉田達の団体だけは大きな屋台骨をもちこたえて来たが、それには、一支部の吉田達などの夢にも与り知らないいろいろな力の交錯もあり、昔の運動が樹木のように自分の力だけで突立っていたのに比べて、今は、言うに言えない微妙な糸をあちこちに引いてその均衡の中に存在しているという風だった。

以上は吉田の組合における変化を示す一節である。「大きな屋台骨」を持ち、自立していた吉田の団体は、近年関わりのなかった外部の力を借りるようになり、何とか存在している有り様である。このような組合の動揺は労働運動の衰退に起因していると言える。組合員の様相も変化した。

だから、そこに集まって来る連中もいろいろさまざまだった。きまっただけの空気を吸って、きまっただけのものをたべ、きまっただけの物を排泄して死んで行くだけだと自分たちの狭い細かい運命を不甲斐なく思う、「気骨のある」小商人や職人などはそこを早道の足場に、たとえ一段でもよいから昇って町か区かの一寸した名誉職にありつきたいという算段を絶えずしているし、インテリがかったルンペン青年は、鼻の下に蝙蝠のような髭をはやして、借家争議から金でも引出そうとする。

現在の組合員達はそれぞれ個人の利益を図る「悧口」な人が多く、運動を出世するための「早道の足場」に使い、お金を引出そうとすることを目的としている。何の野心もない労働組合の中年の連中は、「すぐにその日から役に立つ仕事でなくては興味をもた」ず、「メーデーに夏外套でも着て昆布のようにぞろぞろ出ようという人が多」かった。また、「大地の様に忍耐づよいものばかりがどやどやと充ちて、星の光にも心を斬られるような敏感な青年たちの姿は、この七八年来、どうしたことかあまり見当たらなくなった」とあるように、組合達の間には、運動に対する気概がなくなってきたことがわかる。そして、「彼等が、間接に猛反対した、×同盟と××同盟という二つの労働組合の同盟が内務大臣の祝辞を受けて、産業報国のスローガンで合同大会をしたとき、たのまれて「産業報国歌」の合唱にピアノを弾いたのが、この支部員の、あるトーキー失業楽師で」あった。また、「軍需インフレの一人の職工が、熱海へ新婚旅行に行った」とあるように、労働運動家の変わった様子が描かれている。後に詳しく触れるが、「ずい分変わったもんだね。…昔は、交渉で会社の出す飯なぞ、食えと言ったって食う者はなかったが――時勢だね」という吉田の台詞にあるように、「交渉で会社の出す飯」を「食う」ことなど運動家の在り方が変化したことが窺われる。

テクスト内時間当時は労働運動が衰退した時期であった。それに伴って、労働運動家達の行動も様変わりしたことが本テクストで詳細に示されている。

2 夫に対する複雑な気持

前章で見たように、労働運動が衰退するにしたがい、運動家の様子が変化した。本章では、そのような時代状況の中、組合の会合の運営員を担当する運動家の夫吉田と夫を支える妻一枝の在り方をみていきたい。

本テクストは委員会のある日の午後から始まる。以下は冒頭部分である。

その日も第二日曜日で吉田達の会合のある日であった。目隠板塀の隙間から午後の牛乳車の青い車が見え、真鍮の包丁をのせた最初の豆腐屋の板台がぎしぎし過ぎて行くと、

「さあ、そろそろ御飯の支度をしましょうかねえ。――四時すぎね。もう」と一枝は言って、水撒きのゴムホー

スを輪にして手繰りながら外から台所へ入って来た。

一枝はいつも委員会の会員のために夕飯の用意をしていた。そろそろ御飯の支度をしようかと夫に聞くと、「ああそうしてくれ。きょうは委員会の前に二三人早く来るかもしれないから」と夫は「ゆとりのない調子でそちらを見ずに言う」のだ。「奥の屋で会計簿をひろげて固い果実の様な算盤玉を乾いた快い音でパチパチとかちあわせ」、「万年筆でときどき何か書き込んで」いたとあるように、吉田は自分の仕事に集中していた。その時、さっき自分の方を「見ず」に答えた吉田の「言葉をとがめる」ように一枝は「委員会前って、六時半前！」と確かめるが、夫はまた算盤に「気をとられてわけのわからない返事」をした。一枝は会合の時間をいつも「気にしている理由がちっとも」吉田に「通じていなかった」。そして、夫に理解されないことは一枝にとって「一寸した悲哀」になっていたのだ。早く早くと彼女がいつも台所仕事を急ぐのは、六時半はじめという「会合の規律を守りたいためばかりではなかった」。委員会に出て来る連中に会わないうちに飯を片付け、茶の用意を広い盆に揃え、新聞紙を一枚かけて「早くどこかへ出て行ってしまいたい」のであった。さて、どうして一枝は会合の時間をそれほどまでに「気にして」いたのだろうか。一枝は夫の出席している会合には「居たたまれな」かったからだ。

心では夫の熾烈でひたむきな性格の理窟を超越した味方でありながら、取越苦労性の一枝の気持は、いろいろ思いなやんだあげくそう動くようになった。

一枝が「思いなやんだ」こととは何であろうか。

はじめそんな所がたのもしく、途中では、それから起るごたごたがいやでやや当惑してそういう夫と同座して来た一枝は、この頃ではそういう夫から人々が受けとる感じがまざまざと反射して来て魂を不自然なもので抑えられるような二重な苦痛を感じるようになった。

「真正直で、気が荒くて、潔癖」で、「野獣の様な強さ」を持っている夫の発言した後、「強奪されたような不自然な沈黙がよく一座を支配した」。夫は「悧口な人間と喧嘩」し、「殴った」こともあった。夫の「除名が問題になった」こともあった。「時勢だと口を緘そうとしながら、そうできない気持」、「そうさせて置かない、衝動の強い性格」は、一枝にとって以前「たのもし」かった。しかし、今の一枝は、夫と同じ社会運動家達とのずれに思い悩むようになっていたのだ。一枝は、夫と仲間の間に「起るごたごた」が「いや」になり、夫との連帯感による痛々しさという「二重の苦痛」を感じるようになった。では、夫から「人々が受けとる感じ」とはどういうものなのか。それに対し、一枝はどんな気持を抱いたのかをみていきたい。以下は一枝が夫と同座している時の工場争議の場面である。

吉田と一枝が濡れた傘をさげたまま入ると、労働組合から来た戸塚という男が、「とにかく便所なんていうものは職工の利益だけのもんじゃないんですよ。ね、早い話が――」という世なれた調子で、女工が便所で待っているようでは能率上の損でもあるから、こんな小さい要求は承認した方がかえってそちらの得じゃないかと言って、「ね、そうじゃありませんか」と一つの椅子によりかかって、黒い手帳に何かかいている人相の悪い男に軽く相槌を求めた。

その男は、簡単に打たず手帳の別な頁をひらいて、

「それについては、私の方の意見を念のために言いますが、この工場は、建坪が×××坪で、空地が×××坪と届出ています。これは、工場法の最小限で、実際は、空地の方はもっとも狭いのですが、まあ黙認しているわけです。――公にこういうことは言えないがね――ですから、たとえ便所の増設を届出て来ても、まず工場法規の方で許可できないでしょうな」と言った。

「あ、そうか」

戸塚は、それではそれはもうそれですんだという風に次の条項へ移ろうとする。

その時までだまっていた吉田が、男の方に向き少し嗄れた沈鬱な声で、

「君は、交渉へ口を出すように署から命令されて来たのかね」

と言った。皆は呆れたような当惑した目で一せいに吉田を凝視する。

「いいえ、署からなんぞ…これは、個人の私の…だけど、取消すよ」

男は、用心深く言ったが、明らかに機嫌を損ねた。

「潔癖」で「衝動の強い性格」を持った吉田の発言に、会社側に並んでいた男たちも「案外手剛い奴」が来たものだというように、彼を「まじまじと見た」。それまでに「浮々した軽い談笑気分」が漂っていたのだが、「急に抑えつけられて、会話がまるで事務のように弾まずに進んだ」。その後、飯の時間になると、本部から来た男が、支部の川上に十円紙幣を渡した。川上は、「早いモーションでそれを握」り、「飯はこっちだ」と向こうの門へ行きかかった男たちを呼び返した。その時、川上の行動を見ていた吉田と、坂戸という支部の先輩に当る男は、お互いを見て「苦笑を見せ合」った。その紙幣は使わずに済んだのだが、川上は配られた大丼を見て、頓狂な声を立て、他の男たちも飯を食べ始めた。吉田は「腹がすいていない」と言い、壁の表などを見て歩いていたが、川上と他の男達の様

子にいらいらし、急に引きつるような変な表情を現わした。「口を一寸動かして一度は息をのんだ様だったが、とうとう、「我慢し切れない調子で」つい皮肉に言い出した。

「ずい分変わったもんだね。…昔は、交渉で会社の出す飯なぞ、食えと言ったって食う者はなかったが――時勢だね」

丼を見た拍子に「食うなよ！」と吉田の鋭い声で囁かれていた一枝は、バットの銀紙を貼った様に濡れた工場の屋根などを見ていたが、その言葉で振返って思わず、下を向いてぬれた床を見つめた。男たちも、ハッとしたような目をして、丼へ斜に突込んでいた箸の動きが鈍くなった。

社会運動をめぐる状況が変わることによって周囲の運動家達も変わったのだ。労働家達は会社側と団体交渉をしながら、会社から出される飯を食べるという慣れ合いをみせている。しかし吉田は、以前と変わらず、むしろ、運動家としてそれを容認できず、批判したのだ。一枝はその時「物と物との間へ挟まれたような妙な心地」になった。男たちが、「やめるにもやめられずに食べている飯の味が自分の食道にぐいぐいと迫って来て、食物を棒で口へ突込まれるような苦しさを覚えた」。一枝は、夫の仲間とのずれが起こることによって板ばさみとなり、辛さを覚えた。飯が済むと、休息の後「軽い気分」で交渉はまた爽やかに進むのだが、吉田の口出しにより、交渉はまた、先のように「渋くごつごつした」ものになってしまった。いよいよ争議費用の問題が出る時、吉田はまた口を出す。会社側も戸塚も争議費用のことを決めるのを伸ばそうとするが、吉田は「争議費用の点をきめなくちゃいかんよ」、「どうするつもりなんだ！」と、同じ意味のことを繰返し言った。誰も答えないので、吉田は憤ったように「洋傘の光る尖先で、とんと床を突いた」。その時、一枝は、また「ごたごた」が起こるのではないかと「直覚」し、「不安」

で「行きましょう」と吉田の外套の脇をつかんで引いた。一枝は「あのような直覚は、すぐ口に出す方が正しいのか」、ただそう思って「胸の中の恥にあの人達を浸けてやるだけの方がよいのか」と、複雑な気持ちを抱いたのだ。一枝は、夫が正しいと思いながら、夫の仲間とのずれが「もう辛くてこういう所へ立会うのはいやだ」と感じずには得られなかった。一枝は、夫が「人々から反感を受けて、その敵愾心の絶壁みたいな下に立っていると感じると、地底をくぐって来るような不思議な暗い力に狩り立てられ」、夫が仲間から浮いていることに思い悩んだ。そして、味方のいない孤独な夫を想像し、「居たたまれなくなった」。一枝が抱いていたこういう「辛さ」は、「小さい波としては日常に繰返され」た。

夫と他の組合員達とのずれやそれに苦しむ一枝の姿は何度も描かれている。あるとき、夫婦は近所のなついている小犬をつれて散歩に出た時、仲間の安田に会った。安田は飯屋へ行くところだった。「僕はこの頃悲観しちゃった。下宿の飯がばかにおそくてね」と安田が言うと、吉田は「早くしろと言ったらいいじゃないかそんなことは簡単だ」と言った。「僕一人だけ早くさせられないわけもあるんだよ。飯だって汁だって作っておけば冷えるだろうし…向こうの身になってやればね」と安田が答えるように、安田は周りに迷惑をかけることを気にする性格であることがわかる。それに対し、「早くしろと言ったら」という吉田の台詞には周囲のことを気にしない吉田の性格が表れている。続いて、自分達の連れてきた小犬に「意地悪い顔をした」外の客が連れてきた犬が噛みかかるという事件が起こると、吉田は「いきなり体全体が一箇の凶器ででもあるかのような物凄い勢いで、もっていたステッキを二つ三つ振下した」。犬は悲鳴をあげて走り去ったが、ステッキが半分に折れてどこかに飛んでいった。犬の悲鳴で人が集まり、一枝は「きまり悪くなった」。一緒に来た安田は知らん振りをし、「一人で歩いて来たのだといった風」に「自然に店なみの方へ目を向けていた」。以上からも他人の目を気にする安田の性格と周囲を構わず行動を起こす吉田の性格の差異が窺われる。吉田の仲間とのずれが象徴的に表れていると言える。一枝は、知らん振りをした安田の行動を

「なる程恥ずかしくって、この連中の連れだと思われたくないのだ」と理解することができた。一枝も安田同様に「恥」を感じたのだ。

またある時、吉田に「反感をもつ」仲間の細君たちが、「吉田さんを泊めたら、台所へいっぱい汚い痰を吐いて行ったのよ」と告げた。今まで人前で夫を「たしなめる」ことがなかった一枝は、いよいよ「あなたにそういう癖はあるのよ」と言い出した。一枝は、妻でなければ持合わさない「無遠慮さとその度の過ぎた毒々しさ」で、夫を「たしなめる言葉を鞭のように振下した」。「痛い、突刺し合うような交流ではあるけれども、夫婦の交流はそういう時にも二人に通じ合っている」ように一枝には思えた。しかし、「夫の誇をずたずたにしてやることで夫を宥恕して貫いたい」というような「曲りくねった卑屈な気持が、一本の直線」のような夫に「理解されようはなかった」。夫は「お前は人のいる所であんな恥を俺にかかせてそれで満足なのか」と怒鳴り、一枝の気持ちを平気で傷つけた。一枝は「そうじゃないわ。そんなに単純なもんじゃないわ…」と幾度も弱く呟くだけで、自分の「曲がりくねった衝動の筋道を説明するに堪えなかった」。そして、夫の恥を感じる心はいつの間にか夫とつながっている一枝の心にも徹り、一枝はまた「二重の苦痛」を感じるのだった。こういう「日常に繰返される」「出来事」が起こることによって、一枝は「ますます消極的に臆病になり」、「人に会いたくない」気になるだけでなく、夫の出る場所からさえ「逃げ出したくなった」。このように一枝は夫の「一本の直線」のような性格を常に気にしていたのだ。

夫はいい事を話してくれているのに、自分は下劣でソーセージの方を一心にしている――彼女は自分の気持に言いようのない恥と汚さとくだらなさとを垢のついた冷い布にさわるように感触していた。（略）実際のところ、こういうことは度々あった。一つには何か一つのことに身を入れると、外のことがみんなお留守になってしまうようないわば統一されすぎる彼の神経から来る無意識行動なのだった。（略）

「ねえ、あなたは、今自分が気のつかないことを一つやっているわ。ねえその皿をごらんなさい」

一枝は、変な神経にうしろからつつかれて、いたたまらなくなって言った。

「誰がたべたんだ」と夫は訝るように卓を見下していたが、「俺がかあ！」と言って呆れた。一枝の方は猶更に呆れた。この人は、物の味のほんとうの所などわからない踵のような舌をもっているのではないかという淋しさを感じた。

二人だけの時にはこのように、ただ少しよけい努力したこまかい観察でわかり合うことでも、人の中へ出ると、問題が問題だけに一枝はどんなに怒りもできないような恥で酬われたか知れなかった。


一枝は夫が話に耽って、ソーセージをとめどもなく口に入れるのを気にしていた。話の内容の良さを認めながら、自分は夫の食べ方の品のなさを気にしていることに嫌悪感を抱いた。一枝は夫の「一本の直線」のような性格がソーセージの食べ方にも表れているように思った。一枝は「無意識」にソーセージを食べている夫にいよいよ「居たたまれなく」なり、指摘してしまったのだ。「この人は、物の味のほんとうの所などわからない」とあるように、一枝は、ソーセージをとめどもなく食べ、妻の気持ちを「理解」しようとしない夫の性質に「淋しさを感じた」。

一枝は夫の仲間とのずれに絶えず悩んでいた。自分が夫と周囲との間に挟まれており、辛さを覚えた。一枝は自分の気持ちが「一本の直線」のような夫に理解されず、夫の出る所から逃げたいとさえ思ったのだ。しかし、一枝は夫が正しいと信じていた。夫と周囲との間に起こるごたごたに口出しをした方がいいのか、黙っていた方がいいのかと板ばさみになっていた。そして、一枝は仲間から浮いている夫が孤独になってしまうのではないかと心配し、複雑な気持ちを抱いていたのだ。

3　夫に対する愛情

先に見たように一枝は夫の仲間とのずれに苦しみ、夫に対し、複雑な気持ちを抱いた。夫婦の微妙な関係は、一枝が洗ったばかりの髪を畳へたらして寝ている場面からも窺われる。一枝が寝ている時、吉田はそばに寄ってきて、一枝の「着物を顔にさわらした」。一枝はそれが「珍しく快かった」ので、「抱えられる期待」で体を夫の方に動かした。その時、髪の毛が引っ掛かり、一枝は体をくねらすのだが、夫には欲求が拒否されたと思われた。

夫は襖を投げるようにひらきながら、

「ああ、どうせ、俺は家庭の幸福なんぞ諦めた人間なんだ」

とこじれたように言って行ってしまった。

その声をききながら、一枝は、

「ではどこで彼はその諦めた幸福を求め得ているのか」

と思った。その自分の言葉が既に回答しているのに驚いた。そうして、思いきり怒りたかったり、思いきり歓びたかったり、思いきり憎みたかったりして、弓のような感覚を反り出さして生きている彼がどこでも感動を飽満させることができずに、空腹な放浪者のようになってむなしい生活の上をよろめいている姿を、苦しい感傷の上にうかべて見ずにはいられなかった。

家庭の幸福を諦めたのは夫だけでなく、一枝も同様だった。一枝にとってそれが辛かったが、自分たちは普通の夫婦でなく、運動家と運動家の夫を支えている妻という立場から、普通の家庭の幸福をもとめ得られないことは仕方がなかった。しかし、一枝は運動家としての夫の信念に共感を抱き、夫を愛していたのだ。かつて自分自身も夫と一緒に運動していた。『非幹部派の日記』においては、「日本資本主義は昇り坂か降り坂か。それは現在の運動にとって重大な問題だ。自分も二つの対立意見をきくだけで判断せずに、積極的に調べてみる意志を持たねばならない」とあるように、妻は運動のことを真剣に考えているのだ。そして、夫と一緒に「どんな障害があってもこの極左翼的傾向とたたかって行くことを誓い合った」。寒い中、請願デーのビラを夫と半分ずつ分けて、一所懸命に配っていたのだ。

石田と半分ずつ分けた重いビラを提げているので、首に慣れない毛織物がちかちかするのを我慢した。風が吹く。頬が冷えて固くなって来た様な心地だ。赤い頬が無化果色になって来たのがわかる。熱い理想を持っているものの誇がある。――私は、長靴の足を高く持ち上げて大幅に歩く彼の後からそんな風に眺めた。（略）私は、指に唾をつけて若い女にビラを渡した。赤い手袋の手で受取った。すぐ後に来た、靴を提げた男にさし出すとよけて通った。少し傷けられた。

後から来た仲間のA氏に「ご苦労さま。帰ろうじゃありませんか」と言われると、「ええ」と言いながら「まだこんなに残っているもの」と、「私」（妻――引用者注）は「未だ通行人の方へ赤い手を伸ばす」のだった。以前の一枝には夫と一緒の目的を持つ幸福があった。ところが、今は社会運動をめぐる状況が変わり、妻の立場も一人の運動家から運動家の夫を支える補佐役に回っている。先に指摘したように、夫は以前と変わらず、一枝は「真正直」で、「潔癖」で、「野獣の様な」夫の変わらない強さが好きだったのだ。

夫と仲間とのずれに複雑な気持ちを抱いたのだが、結局一枝は、夫の「変わった所は、決して、人間の欠点ではない」と思うようになった。一枝は自分と夫の性格の差異について以下のように考えた。

表面と裏面、右と左という風にいつも二重の神経を働かして慣れて来た一枝のような人間は、何に対しても葉の脈のような神経を配っていながらその神経は全く眠りきることも、いきいきと盛り上がることもできずに、低い弱い性格をつくりあげるのだと思えた。それ故、神経全体をぐっと一つの束に束ねて、噴水のように高く噴き上げることのできる吉田の神経は、粗放ではあったけれども、どんな小さい虫のような刺戟に対しても、全身でライオンのように身がまえて反応する所があって、ちょうど張り切った弓弦を見るような快さがあった。

一枝は夫と周囲の間に挟まれ、夫に対する神経と周囲に対する神経という「二重の神経」を使ってきたのだ。その神経は「全く眠りきることも、いきいきと盛り上がることもできず」中途半端なものになっており、一枝は「低い弱い性格」をつくりあげてしまったのだ。一方、吉田の神経は、「粗放」ではあったが、ちょっとした刺激に対しても「噴水のように高く噴き上げる」ことができ、吉田のこのような性格は先に見たように、自分の小犬にポインターが吠え掛った時、「いきなり体全体が一箇の凶器ででもあるかのような物凄い勢い」で、犬を追い払った場面にも表れている。一枝はその時、夫と安田の間に「挟まれて歩みながら、この二人の性格の対比を笑えなかった」。何故ならば、一枝は自分の性格が、周りを気にする安田の性格に近いと思ったからである。一枝は、「自分の型は多く、夫の型はだんだんへっているのだ」とあるように、自分と夫の仲間の性格や行動が似ているのに対し、夫の性格が変わっていることから、夫の「型」が減っていると思った。一枝は仲間とずれている夫が孤立してしまうのではないかと悩んでいる一方で、自分や他の組合員と異なる運動家としての夫の強い性格を好んでいた。自分にはない運動に対する強い意志を持つ夫を支えていきたいという気持ちになっていたのだろう。

一枝は、会合の会場を吉田の家としてから、だんだん一人ずつ委員が減って来たのではないかという危惧に捕われていた。吉田の「性格を嫌っている」人たちには「出足を重くする」原因となっているのが、一枝には「ありそうなこと」と思えた。一枝は夫の運動に対する信念や姿勢を正しいと思っていたのだが、夫の周囲の運動家達と協調しない頑なな態度のままでは連帯を必要とする運動が成立しないことに危機感を抱いていた。夫は社会を変革しようという目的に対する信念を持ち、それを貫く意志の強さを持っていた。しかし、一方で、運動が曲がり角にさしかかり、以前と同じやり方では通用しなくなっているにも拘らず、目的を達成するための戦略に欠けていたと言える。一枝は、そんな夫に対してもどかしさを抱いていた。一枝は「さもしいこころづかいから、平生なら煎餅ですました所を、奢ってこれからは餅菓子にしよう」と考えた。こうでもすれば「つられて蟻のように」吉田の家へも「群がって来てくれようか」と思った。そして、運動家の夫を支えたいと思った一枝は、夫の「性格」を、テクスト末尾で「暗示的」に指摘している。

一枝は、茶碗を流しに持って行きながら、

「ね、ジノヴィエフやトロッキーなんていう人たちはかわいそうだと思う。性格にも時代があるものね。あれはやっぱり革命の動乱時代の人物だわ。ソヴェートが国際聯盟へ入る時代には不向ね」

「なんでそんなことを急に言うんだい」

「いいえね、性格にも時代性があって、どんな時代にも適応した性格なんてものはないって考えたから」

ジノヴィエフとはロシアの革命家である。ジノヴィエフは、「明治三四（一九〇一）年ロシア社会民主労働党（後の共産党）に入り、三五（一九〇二）年スイスに亡命しベルン大学に学」んだ。彼は、「三八（一九〇五）年にロシアに帰還し、四一（一九〇八）年再度亡命し、以後二月革命の勃発までレーニンと行動を共にし、レーニンの第一の副官」と言われた。「大正一二（一九二三）年にはスターリン、カーメネフと共にトロイカを形成してトロッキーと対立したが、大正一四（一九二五）年にはスターリン派に対抗して新反対派を形成し、一五（一九二六）年にトロッキー派と共に合同反対派」をつくった。「昭和二（一九二七）年の第一五回党大会で除名され、三年自己批判して復党[8]」した。トロッキーもジノヴィエフと同じくロシアの革命家である。ロシアの革命運動に参加して「明治三一（一八九八）年に逮捕され、三五（一九〇二）年脱走して国外に亡命し、国外で活動した。ロシア社会民主労働党がボリシェヴィキとメンシェヴィキに分裂して以来、両派の中間派を指導し、同年一〇月革命直前にボリシェヴィキに加入した。レーニンは、トロッキーを党の全指導者の中で〈最も有能な人物〉であるが、〈過度の自信〉〈あまりにも物事の純粋に行政的な面に関心をひかれすぎる性質〉を持っている[9]」と評価した。また、「高い決断力、演劇的アピール力を合わせもったまれにみる個性であったが、官僚的日常性への適応力は乏しかった。しかも党内ではよそ者であった[10]」という記述もある。以上より、ジノヴィエフもトロッキーも優れた理論家でありながら、状況に適応しないような強い性格を持っていたことがわかる。テクストの中で吉田について「彼の除名が問題になったこともあった」とあるように、性格的に吉田はジノヴィエフとトロッキーと共通するところがあると言える。そして、トロッキーの「有能」、「過度の自信」、「あまりにも物事の純粋に行政的な面に関心をひかれすぎる」といったような性質は吉田の性質とかなり似ているのではないか。

　吉田本人も「トロッキーとどういう関係があるんだい」と言っているが、当時トロッキーとジノヴィエフではトロッキーの方がより広く知られていた。トロッキーは当時どう理解されていたのかを確認したい。社会主義者の荒畑寒村は、一九三七（昭一二）年七月『改造』に発表された「トロッキーは果たして無辜か」において、「トロッキーは英雄である。然し彼は大衆を信じない英雄、個人主義的な意味に於ける英雄である」としている。そして、仲間との対立や革命家としての敗北の原因について、トロッキーを次のように批判した。

大衆を信ぜず、大衆を知らざる個人主義者の英雄のトロッキーが客観的情勢を無視して一切の困難、一切の害悪をスターリン一個人の意志と責任とに帰するのも当然である。彼が経済的、政治的問題の実際状態に於ける革命的条件の欠如を無視して、単に想像上でのみか丶る条件を作り上げ、プロレタリア大衆の獲得と組織との長き困難なる事実を飛び越して、世界革命を唱えてゐるのも当然である

トロッキーは、「英雄」であると認められながらも、「客観的情勢」や「実際状態」を「無視」する人物であると否定的な評価が与えられている。問題とされたのは彼が「個人主義」で、「革命的条件」の重要項目である「大衆」の連帯を重んじなかった点である。一九二七（昭二）年、トロッキーは、スターリン派と抗争して全連邦共産党を除名させられているのだが、寒村は惨敗の原因として大衆との連帯の欠如を指摘している。つまりトロッキーは、当時、大衆との連帯を果たせなかったゆえに革命に失敗したという悲惨な末路を辿った革命家として認識されていたことがわかる。テクストにおける吉田も仲間と協調せず、仲間から浮いている運動家として描かれている。性格だけでなく吉田は運動に対する姿勢もトロッキーと共通していると言える。トロッキーが革命に失敗したように、吉田もこのままでは成功しないことを一枝は案じていたのではないか。しかし、「なんでそんなことを急に言うんだい」とあるように、一枝の指摘は「一本の直線」の吉田に、やはり「理解されなかった」のだ。それにも拘わらず、一枝は運動家の夫に失望せず、夫を励ますように、「ねえ、お願いだから一度位は多数派になって反対派をジャンジャンやって頂戴」と言い、「涙を落した」。「それとトロッキーとどういう関係があるんだい」と夫は一枝の「涙も

知らずに」、また以前同様に「算盤をはじき出し」ていたのだ。吉田は最後まで一所懸命に自分を支えようとした妻の気持ちを理解できなかった。

普通の夫婦ではないゆえ、夫と共に一枝も家庭の幸福を諦めたのだが、運動家の夫の信念に共感していた。一枝は運動家の夫のことを愛しており、夫を積極的に支えようとしていた。そして、最後まで自分の気持ちを全く理解してくれなかった夫に失望せず、むしろ励ましたのだ。それは妻の夫に対する愛情があったからである。

おわりに

本テクストを時代状況に配慮し、夫婦を取り巻く周囲の変化と夫の仲間とのずれについて検討すれば、先行研究で指摘された妻の夫に対する愛情だけでなく、様々な思いが見出せる。労働運動が衰退したことによって、労働運動家の運動に対する姿勢は衰えた。しかし、夫は以前と変わらず、強い意志を持っており、夫と仲間との間にずれが起こった。夫と仲間達とのずれを常に思い悩んでいたのは妻一枝であった。一枝はいつも夫と周囲の間に挟まれ、板ばさみと辛さを覚えた。その辛さは「一本の直線」のような夫に自分の気持ちが理解されないことや、普通の家庭の幸福を求め得られないことによる。夫の所から逃げ出したいとさえ思った。しかし、結局一枝は運動家の夫の理想を信じており、夫を愛していた。以前と変わらない夫の真正直で、潔癖で、野獣の様な性質が好きだった。また、夫の変わったところが人間の欠点ではないと思うようになり、夫を積極的に支えていきたいと思った。妻の運動家の夫を支えたい気持ちは、『かういふ女』へと繋がっていると言える。

一九三三（昭八）年の佐野学らの転向声明を契機に、一九三四（昭九）年から日中戦争直前にかけて、ほとんどの左翼作家が転向し、転向を主題とする作品を次々と発表した。村山知義『白夜』（一九三四・五）、窪川鶴次郎『風雪』

（一九三四・一二）、中野重治『村の家』（一九三五・五）、『小説の書けぬ小説家』（一九三六・一）などのような転向文学が氾濫した時代に、社会主義者の夫婦を描き、間接的に当時の堕落した幹部や情熱を失った運動家達を批判する本テクストには、平林たい子の抵抗の姿勢を見ることができよう。

注

（1）一九三三（昭八）年二月、小林多喜二が拷問により虐殺され、同年六月に共産党指導部鍋山貞親、佐野学の転向声明が発表され、これを契機として急速に左翼運動が衰退した。『ナップ』の作家達にも大きな動揺が生じ転向が続出した。日本のプロレタリア文学運動は、これを境に実質的に壊滅することになる。

（2）「平林さんのこと」（『女の秘密』新潮社　一九五九・一二）

（3）「平林たい子と作品――『その人と妻』――」（宮坂栄一編『平林たい子研究』信州白樺　一九八五・一二）

（4）「転向の時代――『その人と妻』」（『平林たい子』新典社　一九九九・三）

（5）隅谷三喜男『日本労働運動史』（有信堂　一九七八・四）

（6）第一〇巻（労働運動史料委員会編　一九五九）

（7）中山和子『平林たい子』（新典社　一九九九・三）では、「戦争とファシズムの「暗い谷間」の時代へ接近していたこの時期に、『中央公論』に発表されたたい子の秀作が『その人と妻』である。ここには先の『非幹部派の日記』に描かれた一組の夫婦のその後を見ることができる」と記されている。

（8）川端香男里他編『ロシアを知る事典』（平凡社　二〇〇四・一）

（9）『世界大百科事典』第二二巻（平凡社　一九五九・四）

（10）注（9）に同じ。

第三部　社会運動内部にみる問題点と可能性

第一章　『プロレタリヤの星――悲しき愛情』――社会運動の陥穽

はじめに

『プロレタリヤの星――悲しき愛情』（初出『改造』一九三一・八）は、社会運動家の石上、その妻小枝と同志安田という三人の人物にまつわる話である。石上は組合活動のために投獄され、獄中で拷問に耐えて同志の安田を守っている。留置場に知人の青年が入ってくると、石上は妻小枝のことを尋ねるが、石上の懸念した通り、小枝が安田と同棲している事実を知らされる。石上は悩み、一刻も早く出獄しようと焦る。一方、安田と同棲する小枝も重苦しい日々を送っていた。

先行研究で、小原元氏は石上の描き方について、「苦悩と闘う意志、敗北する感情にくるしむ自己が、私情のかげに完全にすがたを消したことは、よりつよく否定されねばならぬ(1)」と指摘している。小原論について、中山和子氏は「一見理性ある批判にみえて、その実たい子の意図を理解しないものである」と批判し、「主人公の敗北の過程は客観的にみえて充分描かれているとはいいがたいにしても、まさに男女ののがれがたい「私情」をこそ描くことに、たい子の意図はあった(2)」としている。また、「プロレタリヤの女というものの社会的に無防備な弱さふがいなさが、プロレタリヤ解放戦線の現実を大きく左右している」とした。その後、岩淵宏子氏が「階級問題にめざめても、妻を従属物視する男性中心社会の通念をぬぐいがたく残存させている男たちと、それに無自覚に従う女との、養い養われるという男女の関係性(3)」が運動を敗北に導いていると分析している。

従来の論では、男女の関係性が社会運動の問題の焦点になっていた。本章では、時代背景に留意しつつ、社会運動内部の男女の関係性を再度検討し、先行研究で見逃されている組織内部の問題点や男性同志の連帯感の希薄さについても検証し、社会運動の陥穽がどのように描出されているのかを明らかにしたい。

1 当時の社会運動

「プロレタリヤ」の夫石上にとって運動をすることと、つまり闘うこととは何だったのかをみていきたい。テクスト内時間は、一九二七（昭二）年からテクスト発表年の一九三一（昭六）年の間と推定することができる。[4]

まず当時の社会運動の状況について確認する。日本の経済危機と社会運動の状況について『労働運動史』[5]において、一九二七（昭二）年三月、「金融恐慌と呼ばれる経済恐慌が勃発し、銀行・商社の休業・破産が全国的におこり、工場の縮小や閉鎖による労働者の解雇・賃金切下げが広範に」起こり、そのような情勢のもとで労働者・農民の運動も発展したと述べられている。日本では一九二六（昭元）年に初めて「合法的な社会主義政党（合法無産政党）が確立し、活発に活動を開始した。労働組合・農民組合もはげしい大争議をたびたびおこした」とある。また「対支非干渉運動のような帝国主義・反戦闘争も組織された」。一九二八（昭三）年に「日本でははじめて施行された普通選挙に参加した社会主義政党は、四九万票（全投票数の五％）を獲得して、八名の代議士を国会に送った。非合法状態にあった共産党が、大衆の前に姿をあらわして、「天皇制打倒」をアピールして社会にショックを与えた」。そして、一九二八（昭三）年三月一五日、「大衆運動の高揚、とくに左翼の活動の活発化を重大視した支配権力は、全警察力を動員して、全国いっせいに千数百名の革命的な労働者・農民・インテリゲンチアを検挙した（三・一五事件）」。さらに翌一九二九（昭四）年四月一六日、「第二次の弾圧を加えた（四・一六事件）」。このように、階級対立がきわめて先鋭化した情勢のもとで、昭和四（一九二九——引用者注）年秋世界恐慌をむかえ、日本経済を渦中に巻き込んだ。工業恐慌は農業恐慌を伴って未曾有の大恐慌」となり、経済危機が一九三〇（昭五）年から一九三一（昭六）年へと深化していったと記されている。

本作の舞台となっている印刷工場に関する同時代の『読売新聞』の記事を概観すると、一九二七（昭二）年一月八日、「秀飯社に争議——印刷工五十五名を馘す」では、「印刷工場秀飯社では昨年末不景気のため工場主から職工五十五名に給料一割五分の引下げを通告したところ去る五日の仕事初めに職工全部は罷業を申合せた上七日に至り従前通り給料を支払わねば出勤せずと申出たが工場主側は職工全部を馘首した」と記されている。また、一九三一（昭六）年一月一九日、「組合加入を嫌ひ突如、工場を閉鎖——東京印刷製本部に争議」では、「東京印刷製本会社印刷工余名中の六十名が数日前から工場内の組合組織を計画し総同盟系統の東京出版印刷工組合に加入した。これを知った事業主は、組合加入は不都合であるとし恰も事業不振なので突如」「工場閉鎖を行」い、職工連は「憤慨して工場に闖入門扉窓ガラス等メチャ〻破壊した」とあるように、当時の争議が激しいものであったことがわかる。また同年六月一五日「組合旗を奪はれ警官隊と大乱闘——天宮製作所争議の応援隊第三世煙突男等検束」では、「天宮製作所争議団本部に応援のため日本染絨職工並に東京印刷工聯合会・京濱合成労働組合員百五十余名が第三世煙突男千葉浩君を先頭にデモを敢行しアヂ・ビラを撒布」したとある。

では、本テクストにおける社会運動の様子をみてみると、「新聞値下げ以来賃金の低下」という描写があり、石上が勤めていた印刷工場でも経済恐慌による影響があったと推測できる。また次のような叙述もある。

ある組織の外郭員である石上の手から、ある闘士にひとまとめにして渡った印刷物について、新聞の印刷工だった石上は捕えられた。それを仕事の暇に刷ったのが町工場にいる安田だった。

石上は労働運動に携わっており、逮捕されていることがわかる。警視庁は石上の背後に「有力な印刷工グループの連絡を想像して調べつづけ」ており、石上自身には「大して重きを置かず、印刷した所と名前さえ言えば」釈放してもよいと言っている。実際に石上への信用で印刷の作業を引き受けてくれたのは「同志」の安田なのだが、頼んでやってもらった仕事なので、安田に迷惑をかけるわけにはいかなかった。

そんな石上が留置場の中でどんな生活を送っていたのだろうか。石上のいた留置場には四十人がいても「互いに交流がな」く、「人間と人間をつなぐ」「自由まで財布と帯と一緒にあずけさせられ」、留置場は「物置小屋のように静か」だった。石上は留置場に入ってから六〇日も経っており、看守に「臭せえ」と言われるほど汚いシャツを着ていた。そして、掃除をさせられていた。掃除に使う雑巾は「放免された人達の残した手拭」で、「一枚を二つに切ってあるので、二つに畳むと掌にかくれる程小さかった」。そんな小さな雑巾で「床を二度拭き、机の足をふき、板壁を拭き」、「金網を拭」き、それだけでなく「幅の狭い窓縁に足をかけて天井近くまで手を伸ばす」のだった。留置場では、掃除は「どんな贅沢な場所よりも労力を惜しまず」に行われており、留置人にとって「筋肉に鬱積して来る労働の習癖で」、「苦しかった」のだ。掃除が終わると石上は、膝の上に胸をのせて、獣のようにうずくまり、「腹痛に堪えているに似た格好」をし、疲れ果てていた。その日の仕事が終わると、留置人は就寝時間を待つのだった。夜の睡眠は労役の唯一の「報酬」であり、「勤労のない場合には与えられ」ないほど、貴重なものであったからだ。また、「痩せる程の屈託を忘れる唯一の時間」でもあった。後ほど詳しく触れるが、石上は妻のことを心配している時に重苦しい息の音が鼻から響くと、看守に変な声を出したのは誰だと聞かれた。返事が返って来ないから、もう一度「一段高く励ました声」で聞き返し、「ようし、誰もないんなら、この監房は一人なし減食だ」と言った。その時、「俺だ」と石上が認めると、「俺とは何だ。出て来い」と怒鳴る。「俺」という言葉を使うことは生意気と思われていたからである。それは他の留置人にとっても恐怖の瞬間だった。

そのような過酷な状況の中で石上は激しい拷問を受けざるを得なかった。

「石上を出してくれ給え」入って来ながら高等係が言った。

石上について高等係は廊下へ出た。草履を探している石上に言った。

「どうだね少しはへこたれたかね」（中略）

三時間たった。

乱れた足音が響いた。入って来たのは高等係の腕に支えられて垂れかかった石上だった。

「つかまれ、そこへ」（後略）

以上は社会運動や思想を取り締まる特別高等警察による拷問の場面だが、留置人に対する残酷な虐待が窺われる。看守の底意地の悪さは続くのだった。拷問が終わった後、看守は石上の「ふるえる左手」の中に紙が握られているのを見て、何を持っているのかを聞くが、石上は激しい拷問の後目が開かず、つぶったまま掌をさし出した。看守は紙を鼻の下へ持って行くと、中に入っていた薬が鼻息で吹きとんでしまった。看守は「水道口で呑んで来い」と言うが、石上は歩けず倒れてしまった。そして「背中でザーザーと莫蓙を動かしながら這い」こんだ。薬を飲みたくても歩けない石上に看守は水を与えるなどの心遣いを示すどころか、「したたか御馳走戴いたな」と拷問を受けたことを「ニヤリと笑って」意地悪く言うのであった。また、「苦しい拷問が連続されるだろう」という石上の台詞からは、過酷な拷問が頻繁に行われていたことがわかる。そんな厳しい状況に耐え続け、石上が「印刷工グループ」の存在を明かさないのは何故なのだろうか。それは社会運動家として守らなければならない「プロレタリヤの道徳」の一つであったからだ。「少数の英雄のみが実践し得る困難な道徳ではな」く、「常識となってプロレタリヤの間に沁み渡っている基本的な道徳」であった。石上は二ヶ月、三ヶ月かかってもそれを守り続けることは覚悟の上だったのだ。

テクスト内時間当時は社会運動が盛んに行われた時期であった。本テクストにおいても石上の社会運動への強い闘争心や闘っている姿が描出されている。

2　夫にとっての「闘い」と「愛」

留置場にいる石上の妻に対する思いについてみていきたい。石上は留置されてから六〇日も経った後、ある日「おっ、石上は臭せえな」「そんな汚いシャツ取換えりゃいいがなあ。女房はないのか」と看守に聞かれると、「あるんだがどうしたか来ないんだよ」と何事もないかのように答えるのだが、看守との会話から石上には突然一つの「思念」が起こった。小枝が差し入れに来なくなり、自分を「裏切」ったのではないだろうか。看守との会話がきっかけで、妻が来なくなったことは繰り返し心にかかるようになり、以前から起こっていた「細かい思念」が「幅の広い苦悩に変化」するのだった。

その時、留置場に新入が入って来た。自分の「同志」だと石上が気付いた時に、一瞬で、さっきから起こっていた「暗い苛立たしさが消え去った」のだ。石上は妻の安否が心配で落ち着かないのだが、「同志」を通して「外の消息が知り得る希望」で、彼の「胸は疼き始めた」。長い留置生活で「弱り痛んで感じ易い」彼の心身に「歓喜が強い酒のように暫く沁みてめぐる」というところから、石上はどれほど妻のことを心配していたのか窺われる。妻のことを聞きたくて、石上は特高係に聞かれないよう低い声で二度も新入を呼びかけた。その声には「量り知れない感情の圧力」があった。「同志」も石上だと分かってうなずくのだが、高等係のいるところでそれ以上の発言はできなかった。「同志」は石上とは違う「角の監房」に入ることになったので、彼と話すことは簡単ではなかった。石上は就寝時間前に看守の目を盗んで「同志」と話す機会を得られることに一所懸命だったが、結局できないまま床に入ることになってしまった。一日の労役の後、疲れ果ててようやく得られる貴重な睡眠時間なのだが、石上はなかなか寝られず、「頻りに寝返る」ばかりだった。やはり妻のことを確認しないではいられないゆえであった。翌日、石上はいつもの如く弁当配りの作業に出されたが、弁当を数えていた時に途中から数を混乱し、数え直したりした。心はそこにないために「まごつき」ながら、作業を間違えた。そして、昨夜「同志」を見た時に現れた「歓喜」はもう消えており、石上は頻りに「不安」を感じていたのだ。何度もの努力の末に、やっと石上は「同志」に近づくことができた。

相手から遮二無二返答を奪いとってやりたい程、質問の条項が湧き立って数々彼の胸にあった。彼の唇は吃った。

「僕の女房はど、どうしている?」

胸の中で踊り騒いでいる無数の言葉の中で、咽喉を突き破って送り出た最初の一組の言葉は――それだった。

「君はどうして入って来た?」或いは「Sの方大丈夫か」

等々一言で言える重要な会話だ、同時にこの時可能だったにもかかわらず石上の選んだ言葉はそれだった。

社会運動家であるにも拘わらず、石上にとって一番気にかかっていたのは「同志」の逮捕の理由ではなく、運動の進展などのことでもなく、妻のことであった。「あとで…あとでゆっくり話すよ」という「同志」の答えが「見当はずれ」で、石上はすぐに教えてくれない「同志」の反応に一層の「不安」や怪しさを感じた。石上の「思索」は

「渦のように」「ぐるぐる回った」。「――やっぱり俺の想像通りだ。きっとそうに違いない。あの女は俺を――」とあるように、石上は外にいた時から妻と安田に関する疑惑を少し抱いてはいたのだが、「同志」の反応を見ることによってその少しの疑惑がより強いものに「変化」していたのだ。

「あの女は俺を裏切った」という石上の妻に対する言葉遣いから、一家の生計を支えていた自分が逮捕され、妻の生活はどうなっているのかというようなことではなく、自分のものが奪い取られ、「裏切」られたのではないかと悩んでいるのである。彼は小枝を自分の所有物としてしか扱っていないのではないだろうか。その後、「同志」は塵紙に石上の妻の情報を書き、別の留置人を通して、石上まで届けてくれた。それを読んだ石上は、妻が安田の家に「引き取られている」ことを確実に知った。「――既に家庭での幸福は余す所なく奪いとられてしまったのだ。同志である安田の手を通じて、――否、安田の手に――」と石上は心の中で叫んだ。石上は妻にも「同志」にも「裏切」られていたのだ。

妻にも「同志」にも「裏切」られたことは石上に思いがけない「変化」をもたらした。捕えられた当時警察官に接触する度に「飛び散った反抗心の火華」、留置場内での「沈黙の中にあった今後への見通しについての確信」や「勇気」などが「摺り減らされ失われ」ることであった。「新手な手厳しい拷問」とあるように、一番信頼していた妻と「同志」に「裏切」られたことは、彼にとってとても衝撃的であった。「肉体の外側からの拷問ならば泣き喚き気絶し、気絶したふりをし、どうにか切り抜ける」が、「中からの拷問には何をもって防ごう」とあるように、逮捕されてから日々留置場で受けなければいけない過酷な拷問にはどうにか耐え、乗り越えることができた。しかし、今まで留置場の厳しい状況の中でも屈せず、守り続けたその「同志」に「裏切」られては乗り切る方法がなかった。「豪毅な何物にも屈せぬ階級意識の外に、それに値するものはなかった」。しかも、「その階級意識を支える強力な柱――労働者として生まれながらに持っていたかのように信じた」彼の「強靭な忍耐力は、既になかった」。石上は強者から弱者へと「変化」しており、彼自身にとってもそれは「思い設けぬ変化」であった。
最初に彼から「失われたものは不羈な自信」だった。自信は彼の「内面生活の、全建築の土台をなすもの」であった。それが失われた時、「忍耐やねばり強さの印刷労働者らしい特徴は脆く崩れた」。「プロレタリヤ」の夫であった石上は「一方は愛に重点を置き、一方は闘いに重点を置くとしても、愛と闘いとに分裂がない間は同義語だった」が、石上の心の中に妻への「愛」と社会運動家としての「闘い」との間に葛藤が起こっていた。以前は「愛するがゆえに闘う。闘わんが故に愛するのだ」とあるように、「愛」することと「闘」うことには矛盾がなかったが、今は「愛」を守るか、それとも社会運動家としての使命を果たすか、どちらかを選ばなければならず、彼にとって難しい選択であった。しかし、石上にとっての「愛」とは、妻を守り、慈しむというようなものではなく、妻に対する所有欲である。

愛するが故に闘ってはならぬ。愛するが故に妥協して一日も早く出なければならぬのだ。そうでなければ、あの女は食うために永久に俺から――

石上は外に出て妻を助けたいと思うのではなく、妻が仲間に奪われ、自分のプライドが傷つけられたから自分の物を取り戻したいと思ったのではないだろうか。最後に、「いつでも安田の名前を言う機会が目の前にブラ下っている」と思った石上は、とうとう「プロレタリヤの道徳」からずれてしまい、今まで精一杯守っていた「同志」の名前を明かすことを決意していくのだった。

3　妻にとっての「生活」と「義務」

2では妻にも「同志」にも「裏切」られ、運動への闘志を失った石上の姿をみた。では、何故小枝が石上を「裏切」ることになったのか、またそれに対する小枝の気持ちはどうなのかをみていきたい。まず、石上が逮捕された後の小枝の生活状況をみてみよう。生計を支えていた石上がいなくなると、「生活と呼ぶ容赦ない波」が、直接「目がけて打って来る」のだった。まず、小枝は家賃を払うことができず、材木屋の家主が木材を動かすなどの仕事をしている時の姿を見たり、あるいは声を聞いたりするだけでも、家賃のことを聞かれることを恐れ、「緊張を覚える」のだった。

家賃の次は石油で、「欠乏は大きなものから小さなものへ遠巻きによせつつあった」。小枝は残った石油の分量を知るために、暗い台所から罐を持ち出した。「ブリキ罐の側はベカリとたやすく凹み、またベカリとたやすく戻った」。それは中に、石油でない空気の充満していることを示すものだった。しかし、底の方で「水よりも少し粘った手応えがあった」。隅の穴を片目で覗いてみたが、暗くて見えなかった。小枝はどうしても石油の分量を知りたくて、それを知らずには何も手につかなかった。今度は台所から湯屋へ持って行く小さい洗面器を持って来た。背の子供をずり上げて目で分量を計り、五日分位残っていることを確かめた。しかし、五日後のことは心配だった。消費組合から借りられるのかと思い、今度は消費組合の定価表を確認することにした。消費組合とは、「商人の仲介的利潤を廃棄し、消費者の生活を擁護するため労働者農民が、直接生産者から物質を購入し、分配するための組織」[6]のことである。消費組合からいつも工場の帰りに品物を買ったり、運んだりするのは石上だったので、彼女は定価表を見るのも不慣れだった。「——どこ行っちまったのだろう——」と石油の欄を必死で探し、「二段に印刷した日用品の名称の上」を彼女の「視線は行ったり戻ったり」した。やっと見つかった。「石油と米は現金断行」と書いてあり、小枝の懸念した通り石油は現金売りだったのだ。消費組合の現金売りの「規約は曲げられない」ものではなかったのだが、小枝には消費組合に関しても「物を売る」という「商業的機能以上の知識」はなかったのだ。以前「争議の応援米を集めに来た常任者が戻ったあとで、あの米を袋に入れて今一度組合員に売りつけるんじゃないだろうか」と小枝が言った時に、石上に「どなりつけられた」ことがあったのだ。以上より、小枝が夫の関わっている社会運動について無自覚で無知だったということと、夫の不在によって生活に困っていることが窺われる。

石油に代わる木炭は半月分位はあったが、関西育ちで石炭ガラを使って育ち、子供の時から「倹約する」ことを教えられていた彼女にとって、木炭は「恐ろしい程贅沢な燃料」で今まで使わなかったが、炊事に使うとしても、それがなくなるまでに石上は帰って来るだろうかと小枝は考えた。幾度か、明日は、一週間経ったら、十日したらと「むなしく」待ったが、「一月後に戻ることも一年後に戻ることも、否一生の間に戻ることさえも」既に彼女には「信じられなく」なり、「孤独と窮迫の感」で胸を締めつけられるのだった。

さて、何故彼女は何事に関してもそれほど無知で無力なのだろうか。その原因は小枝を取り巻く男たちにあると言える。まず、小枝が結婚前に受けた「教育」についてみていく。小枝は小商人の父親に「弱く控えめで、可憐な響きを持った名前」を付けられた。「幹ではない枝」しかも、「大きな枝」ではなく「小さな枝」。男は「幹」に、女は「枝」に例えられており、女は自立し、自分の力で生きていくのではなく、夫に支えられながら生きることこそが女にとっての「幸福」だと父は信じていたのだ。小枝は「主張する代りに同情を招け」、「働いて食う代りに愛されて食え」と教えられた。父によると「ただ倹約することと台所を清潔にすることの外には」、「何の身につく技術も」「不要だった」のだ。明治以降日本には封建的家父長制度があり、女性は家父長に保護・支配されるべき存在で、家事と育児のみが女性の役割であるかのように考えられ、一個の人格として意志を持つことは大変難しかった。明治生まれと考えられる小枝の父も保守的な考え方を持っており、小枝を自分の意志で生きさせることなく、彼の考えを押し付けたことは推測できる。小枝は独り立ちできるような女性ではなく男に「寄生」するような女性として育てられたと言える。従って、「撓みやすい」小枝は、結婚後に夫を「たのみの強い幹」と信じて「寄生」して来たのだ。そして、印刷工の夫がとって来る「僅かな賃金の中に、不安でささやかな生活の葉をひろげた」。夫のもとは「人生の風をやり過ごし、旱から洪水から救われる」「場所」だと考えられた。しかし、石上は女に対して「内気で従順な女が好き」で、1でみてきたように命をかけて闘っている社会運動家であるにも拘わらず、妻を人格を持った対等な存在として見るのではなく、自分の所有物としてしか扱わなかったのだ。社会運動家の石上の差別的な女性観は一般人の父のそれと少しも変わらなかった。

一方、石上の所属している印刷工組合の幹部は、「所謂プチブルで、階級運動に縁遠く、また縁遠かろうとするものが多」くいる所に住んでおり、「二人の子供」を「小ブル私立学校に入れ、費用のために絶えず付近を借り回って」いた。「この度の出来事に対して最初に最高の驚愕を示した。そして冷静に戻ると最低度の冷淡で装った」とあるように、石上が捕えられ、家族が生活に困っていることに対し、「冷淡」であり、何の支援や協力をしようともしなかった。本来「同志」であるはずの組合の幹部と石上の連帯感が希薄であると言える。石上のいた新聞社の鋳造部が、幹部に秘密に女工の手で救援を計ったのだが、その救援金も清子という女工の個人的な都合で遅れてしまっていた。小枝は精神的にも経済的にも追い詰められる状況に陥っていた。

その時、小枝に援助の手を差し伸べたのは夫の「同志」安田であった。安田は石上の家族を助けることは留置場で自分を守っている石上に対する「義務」だと思い、組合の幹部に「女に罪はあるまい」と弁解した。特に安田は石上と親しかったので、幹部も何も言わなかった。しかし、安田も石上と同じに、「内気で従順な」女が好きだったので、安田の「義務感の裏」には小枝に対する「強靭な野望」があった。安田は頻繁に小枝を訪ねるようになり、安田の経済的援助を受けることによって小枝は「貧乏」を遮ることができた。まず、家賃を払い、家主を恐れなくなっていた。「彼方には油煙で黒い石油焜炉が、使わないと見えて新聞紙をかけて」おり、また「炭など吝にするなよそうや」という安田の台詞からも小枝の家ではもう「石油」は使われなくなり、「贅沢な燃料」とされていた「木炭」を使用するようになっていたことがわかる。以前と比べて「見た所では」、「カルケットの箱」があることと、小枝の「首に灰色の練白粉」があることしか違っていなかったが、「目に見えない所には相当の変化があった」。「カルケット」とは、「カルシウム入りの牛乳ビスケット」のことで、当時においては贅沢なお菓子であった。お金に困っていた小枝は「カルケット」も「白粉」も自分では購入できないもので、安田からの贈り物だったと思われる。後ほど触れるが、小枝と一緒に「文化住宅」に引っ越すというところからも、安田は自分の経済力をアピールし、自分の嗜好に合った小枝を手に入れるために高いお金を使っていたと言える。一方、生活が安定してくると、小枝は「安心」し、安田に対して「尊敬」の気持ちを抱くようになる。また、「尊敬の燃焼から反射する小さい明度で、孤独な心を照す」。以前生活に窮迫していた時の小枝の「不安」な姿は「浮浮と子供をあやしている」姿に「変化」していたのだ。小枝が取り戻した平和は、石上がいた時と全く同じ性質のものとなっていた。

しかし、「とうとう家が見つかったよ。あさって休んで越すことにしたがね」、「勿論あんたもだよ。石上には僕から手紙出しとく」とあるように、安田は小枝の意志を聞くことなく、自分の個人的な決定を下し、それを小枝に押し付ける。安田は「同志」の妻を助けたいという気持ちだけ持っているのであれば、新居に越す必要もなく、夫婦のように暮らす必要もなかったが、小枝と同棲したいという意志には彼の欲望が現れていよう。石上に手紙を出すというのも、小枝を同棲することに納得させるための嘘に過ぎなかった。安田の、石上の妻を引き取るという行為や、「女房の食う心配も碌にしないでおいて、左翼だなんて生意気だ」と石上の「悪口」を言うところからは、同じく社会運動に関わっている「同志」の石上と安田の互いの連帯感の薄さが窺われる。また、安田の運動に対する気概の乏しさも指摘できる。

安田との同棲に関して小枝の気持ちはどうなのだろうか。「男女の当然置かるべき関係以外の同棲」について、「見聞の狭い」小枝の顔は「苦し」い無表情であったが、「悲しそうに縮んで行った」。小枝には安田との同棲に対して抵抗感があり、石上の信頼を「裏切」ることは相当辛いものであった。しかし、小枝には「一緒に棲み、食わして貰う以上、そうなることは義務のようにさえ考えられる」のだった。


「自分にも少し何か出来たら！子供を安心してあずけられる所さえあったら！」

はじめて意識の中で小枝はそう叫んだ。だが、この場合、そんなつぶやきは何の役に立とう。すべては既に決定されている。小枝自身が既にその決定に服してしまっている。叫びはこの無力さこの貧しさへの抵抗の、最後のスパークでしかなかったのだ。


子供について、「襁褓から出た鰻のような二本の足」という描写から、小枝は乳飲み子を抱えていることがわかる。日本では一九三一（昭六）年一一月に無産者の手で無産者の子供を守り育て、働く婦人を二重の労働から解放するという目的で初めて無産者託児所[8]が開所されたが、テクスト内時間当時は小枝が子供を預けられるような場所がなかったと言える。夫に対する「義務」と「生活」との葛藤の末、小枝は「ぎこちない沈黙の後」、「小さい努力をもって」一緒に住むことに賛成した。小枝にとって生きていくためには安田に「寄生」し、石上を「裏切」ること以外選択肢がなかったのだ。

安田が選んだ引越し先は「郊外」の「文化住宅」であった。「文化住宅[9]」とは、大正後半期から昭和前期にかけて、サラリーマン、都市知識人ら都市部の中流層が洋風の生活に憧れ、一部洋風を採り入れた和洋折衷の文化住宅が大都市郊外に多く建てられ、生活上、簡易・便利な設備の整った新形式の住宅である。またテクスト中の「屋根も塀も煙突も黒い江東から来ると、ここは何といろいろな色をもった広い眺めだろう」という描写からも、小枝の新居は以前の家と比べてきれいで、便利な設備の整った快適で居心地のいい場所であったことがわかる。小枝の生活水準は向上したと言える。環境が変わり、新しい生活が始まることによって小枝の「頭に詰め込まれた憂愁も、呵責も、浅い春の風に暫くは散らされた」が、次の場面にも見られるように小枝の心の中に絶えず葛藤が起こっていた。


何とはない重苦しい心地になって、小枝は庭に出るのだ。自分はこれでよいかしらと、彼女はそして自ら問うのだ。それは何という愚かな問だろう。

省線の信号燈が動く。

赤——青——赤——青…


小枝は安田と一緒になってから生活も安定し、以前より快適な暮らしをしていたはずなのだが、夫に対しては申し訳ないことをし、良心の「呵責」を感じ続けていたのだ。

おわりに

本章では、「プロレタリヤ」の男女の関係性について検討し、かつて指摘されて来なかった社会運動の問題点についても明らかにした。

社会運動が盛んに行われた時期に運動に携わっている石上も当初強い闘争心で闘っていた。石上は投獄され、残酷な拷問にも屈せず「同志」の安田をかばい続け、「プロレタリヤの道徳」を守っていた。しかし、石上は妻を、身を挺して守っている「同志」に奪い取られ、今まで自分を支え闘いの原動力となっていた妻にも「裏切」られて、強者から弱者に「変化」し、運動への闘志を失ってしまう。石上は「愛」と「闘い」との葛藤に苦しみ、本来の社会運動家としての使命から逸脱してしまった。

一方、一家の稼ぎ手であった夫がいなくなると、男に「寄生」する生き方しかさせてもらえなかった小枝は生活に窮迫した。小枝は安田の金銭的な援助を受けるだけでなく、安田と同棲することにも服してしまったが、夫に申し訳ないことをした「呵責」の気持ちで、「妻としての義務」と「生活」との葛藤に絶えず悩んでいた。

従来の論では、「プロレタリヤ」の女の「社会的に無防備な弱さふがいなさ」が社会運動を敗北に導いたと指摘されていた。確かに小枝には「無防備な弱さふがいなさ」はあるのだが、そういう女性を作ったのも男性中心社会なのではないだろうか。小枝の「弱さ」の原因は、小枝を取り巻く男たちの差別的な女性観にあったことは明らかである。また、同じ社会運動に関わっている男の「同志」たちの、お互いに対する連帯感の希薄さも運動の敗北の原因なのではないだろうか。逮捕された「同志」の妻が生活に苦しんでいるにも拘わらず、一切の手助けを断るというような幹部たちの存在も見逃すことはできないだろう。本テクストには、社会運動を倒す国家権力の暴虐非道ぶりだけでなく、運動家が自ら落とし穴を掘り、敗北を招いたことを明るみに出していると言える。

本テクストは一九三一（昭六）年に発表されているが、平林たい子はその前年に文芸戦線派から脱退し、国家権力及び社会運動内部の様々な否定的側面を自由に描くことができたのだと思われる。

注

（1）「平林たい子論」（『批評の情熱』雄山閣　一九四八・一〇）

（2）「平林たい子――初期の世界――」（『文芸研究』一九七六・三）
（3）「女と言説《ディスクール》」有精堂編集部編『講座昭和文学史』第一巻　一九八八・二
（4）当時印刷争議が頻発していたことが同時代の新聞から確認できる。
（5）塩田庄兵衛「一九二九――三九年における日本経済危機と労働運動」（歴史科学体系二五『労働運動史』校倉書房　一九八一・一一）
（6）松井栄一他編『近代用語の辞典集成　三〇』（大空社　一九九六・一）
（7）「乳菓カルケットデー」（『朝日新聞』一九二二・一二・一七）
（8）昭和の無産者託児所については、村岡悦子「昭和初期の無産者託児所運動――福祉運動と労働運動との最初の結合」（『三田学会雑誌』一九八四・八）を参照した。
（9）文化住宅については、内田青蔵「「文化住宅」物語――ナオミの家ができるまで」（『東京人』一九九九・五）を参照した。

第二章　『プロレタリヤの女』――社会運動の可能性

はじめに

『プロレタリヤの女』（初出『改造』一九三二・一）は、『プロレタリヤの星――悲しき愛情』（初出『改造』一九三一・八）（以下『プロレタリヤの星』と略す）の続編として同じ人物たちが登場する。『プロレタリヤの星』では、夫石上の逮捕後、妻小枝は夫の同志安田と性的関係へと進むところまでが描かれているが、本テクストにおいては、その先の同棲生活が描出されている。二人の間には通常の愛ある交流はなく、息苦しい対峙がある。小枝は安田の子供を身籠ってしまう頃、安田が検挙される。安田のいない家に引っ越してくるのは清子である。清子は組合活動に携わっており、公生活や私生活において様々な問題に直面する。小枝は妊娠を中断するために堕胎剤を買いに行くのだが、手に入れた薬は偽物で、結局下痢の反動で便秘を起こしたに過ぎなかったという惨めな場面でテクストが閉じられる。

岩藤雪夫の同時代評では、「この作品に関する限りに於て、作者、平林たい子氏は、心理描写への野心的な努力をつづけているように思へるが、たとへば、表情や情緒の動きの描写が、描写でなくて説明に終っている。従って読者は考へることによって、理解はできても、感覚的に訴へて来ない。作品全体を流れる感情も何だが、白チャケている」、「構成上作者は、或る個人乃至は集団に対する個人的憎悪を、ひねくれた寓話に盛らんとしているかの感がある」[1]と批判している。他方、中山和子氏は、「人物のリアリティが濃くなっていてすぐれている」[2]と評価している。さらに、小枝についてては「同棲している男の行先を、うかつにも特高警察に教えてしまうような、人のいい子持の女の無知と無能が、同じ印刷工組合の思慮深いしっかりした若い女と対比的に描かれる」(3)と、清子というもう一人の女性と対比して言及しているが、指摘に留められている。

前作の『プロレタリヤの星』と比べると、本作に至っては底辺の女性たちの苦しむ様子がより鮮やかに描写されている。本作では主役の小枝だけでなく、小枝と正反対に描かれる清子や、その他にも幹部の妻や清子の工場での仲間たちなど様々な「プロレタリヤの女」が登場する。本章では、とりわけ清子に注目し、中山論において指摘に留まっている小枝との対照性について検討しつつ、清子の特質を明らかにしたい。

1 清子の目覚め

清子は石上と同じ新聞社の鋳造部に勤めており、印刷工組合に属している女工である。前作の『プロレタリヤの星』においては清子について「石上への救援金の締切りがこんなにおくれたのは、全く清子の責任だった」という描写がなされている。石上が捕えられ、家族が生活に窮迫することを幹部に秘密にして鋳造部が救援を計るようになったが、清子は「愛人の山宮が入営したので、一週間に一度の休みは多く彼との会見に使」った。また「皆が軽蔑している伊東の家へも、幾つかの電車にのりかえてしばしば行った」。そのために、「工場のローラーを使えば直ぐに刷れる「女工ニュース」も遅らしがちだった。で、それを間に合わせようとしたために、寄付あつめは長く中止してあった」とある。清子には山宮という恋人がいることがわかる。伊東とは印刷工組合の幹部である。清子は救援金の収集や「女工ニュース」の印刷などの活動を後回しにし、休みの日を恋人との約束や伊東とのつき合いに使ったことから、この二人は清子にとって一番身近で大事な人物たちであったと言える。

まず、清子の幹部伊東との関わりをみていこう。清子は組合へ入りたての初めての冬に、伊東の子供は「詰襟や季節外れなセーターなどを着込んで」おり、「どれもこれも摺れ汚れて小さかった」のを見た。子供の「袖口やズボンから育ち盛りの新芽の様な手足が痛々しい程ニョキニョキ覗いているのは見るに堪え」ず、「胴を蒸しているように見え成長を締めつけているようにも見えた」。清子は「靴下のない子供を見て質素と倹約の相」を幹部の家庭に発見して喜んだ。清子は自分にそんな理想的なイメージを与えた幹部を尊敬しており、しばしば彼の所を訪ねていたのだ。しかし、安田が検挙された後、小枝が独りぼっちになり、清子は安田のいない家に移ることになった。愛人の山宮が電信隊にいたので、清子にとってこの転居は都合が良かった。安田と伊東の家が同じ「郊外」にあり、近かったので、清子は以前よりも伊東に近づきやすくなり、伊東の家庭の状況を近くからみることができた。「質素」と「倹約」と思っていた伊東は、実は「一夜にカフェのウィスキー罎を二本も空にする酒呑み」であった。

さて、ウィスキーはテクスト内時間当時[4]においてどんな酒だったのだろうか。一九二九（昭四）年ウイスキー一本（七二〇ミリリットル）の値段は「四円五十銭[5]」であった。因みにビール大びん一本は同じ頃には「四十一銭[6]」、ワイン一本（五五〇ミリリットル）は「一円二十銭[7]」、日本酒（一・八リットル）は「二円二十銭[8]」くらいであったことからウイスキーはいずれのアルコール飲料と比較しても、かなり高く、高級品だったことがわかる。他の酒でも欲望を満たすことができるにも拘らず、わざわざ高いお金を使ってウイスキーを飲むことには伊東の「濫費」が現れていると言える。また伊東の妻春子も「派出婦に子供等を押しつけて一人活動の二等席にハンドバッグを膝にのせている」とあるように、夫と同じく贅沢好きな女性であった。「活動」とは、「活動写真」のことである。「活動写真[9]」は、「映画が日本に紹介されたときの、モーション＝ピクチュア motion picture の訳語」であり、興行師は「活動大写真などと宣伝し、一般に「活動」といった」、「活動」という呼び方は「昭和初期になって映画という言葉にしだいにとって代わられ、音声映画の時代となって消滅した」と言われている。人の家庭の状況や金銭の使いどころなどは「当事者以外に関係のない、どうでもよい個人問題」なのだが、金にだらしない伊東の場合は、個人のお金ではなく、一人一人の組合員の給料から天引きされて集められたものと思われる「組合基金」を流用していたのだ。「組合基金」は本来、争議やその他、組合員の働く状況を改善し組合員自身のために使用されるものである。伊東が「時借りした組合基金はずるずるに返済されずに消え」た。しかも、「殆ど酒からなっている消費組合[10]の払いも数ヶ月の延滞」だったのだ。『プロレタリヤの星』において、伊東が住んでいた場所は「プチブル」住宅であり、「階級運動に縁遠く、また縁遠かろうとするものが多かった」と描かれている。そして伊東は二人の子供を「小ブル私立学校に入れ、費用のために絶えず付近を駆りまわって」いたとある。つまり、伊東は同じ組合運動に携わっている他の「同志」と同じような所に住み、同じレベルの生活をするのではなく、一般の生活から遊離し、「プロレタリヤの道徳」から逸脱しているといえよう。それが幹部と組合員との連帯感の希薄さ[11]の原因でもあったのだろう。

清子は伊東の生活について、「何よりもこういう生活の一番の害悪は理論よりももっと根深い所で生活の感覚を徐々に移動させることにあ」ると思う。しかし、「争議売渡しとかその他資本家との取引は人が言う程容易に行われる」とは思われなかった。「争議売渡し」とは、「組合の幹部が自己の利益のために、資本家と取り引きして相当の報酬を得る代わりに、争議の目的を達せぬうちに中絶せしめる[12]」ことである。「もしそういう誘惑が伊東を誘った場合にはそれに懸り得る可能性は十分あった」とあるように、伊東の「濫費」や「利己主義」を発見した清子は、伊東に対する信頼感を失い、本来争議を指導する立場にいながら金のためなら、「争議売渡し」のような行動をする可能性は十分あると思うようになっていた。「そんな決定的な堕落を仮定しないまでも、出版労働組合の産業別合同に反対して小さい印刷工組合で持続しようとする伊東等の腹には幹部地位からの転落を恐れる気持が確かにあった。彼等にとっては組合員は財産の如くだった」とあるが、労働組合は労働者の労働条件を維持または改善し、労働者の権利を守るという目的で作られているもので、労働者にとっては必要不可欠な組織である。幹部はそれを運営する責任ある立場だが、伊東は組合のために働くのではなく、組合員の金を使って贅沢な生活を送りたいためだけに幹部の地位に固執している。伊東は、階級運動への情熱を持ち、そのための行動すべき幹部のあるべき姿とは程遠いもので、いわゆるダラ幹であると言えるのである。

清子は「最初には指導者へ尊敬と愛とをもって」伊東派に接したが、結局裏切られ、失望させられた。幹部の「質素と倹約」のように見えた生活は、「放恣で消費的」であった。清子はそんな幹部と幹部を支持する同じ組合の山田や沢野のいる静かな郊外へ来て、「沼で足のずり込む後退の幻覚を味わ」い、「それを自ら感じる程」、伊東派に「批判的」になり、目覚めるのであった。

2　清子と「愛情の問題」

続いて、清子の愛人山宮と工場の仲間との関わりや清子が抱えていた「愛情の問題」[13]についてみていきたい。テクストには清子と山宮の交際の場面や山宮が登場することはないが、山宮については「電信隊に入って」おり、「性格が弱く理論的でな」く、「伊東派に溶け込んで」おり、伊東派の「手先」になっているという叙述がある。先にみたように、伊東はダラ幹であり、組合員たちに「軽蔑」されているような人間である。清子は指導者への尊敬と愛とをもって伊東派に接したのだが、「左翼派の性急な部分」は、清子が「山宮を通じて伊東派に引摺られた」と勘違いをしていた。次は組合の仲間が工場で話している場面である。

「…だからさ、問題はないんだよ。要するに別れちゃいいんだよ」

「山宮と別れたら君が引受けるかね」

組合の仲間たちは、清子を山宮と別れさせたく、会話をしている。彼らは清子に内緒で話をしているわけではなく、彼女が彼らの話を聞いていることをむしろ意識し、自分たちの意志を通じさせようとしているのである。この会話を聞いた二人の女工は「目を見合わせ」、清子を観察した。仲間たちの会話を聞き、女工たちの視線を見た清子は「頬が鶏冠のような暗赤色」になり、「硬ばった目」で同僚を見返すのであった。仲間たちは、「軽率な、しかし誠実な好意から、または嘲笑的な、半ば嫉視的な詮議欲から、または機械的な恋愛方便主義から」、どうかして清子に意志を通じさせたかった。しかし、清子は「語調の不真面目さを憤ることが出来なかった」。それは「卑屈さからでも、羞恥からでもなく、いわば一種の情けなさ」からだったとあるように、直接清子に話をし、自分たちの考えを表さない仲間の態度に嫌気がさしており、情けなく思っていた。「率直に言って来れば率直に考えを説明するだけの用意」は清子にあった。しかし皆率直に話さないために組合員それぞれの「意図がそれなりにひねくれ方をかえって心地悪く」清子に反射した。

また、清子はある時同僚に「皆が貴女を惜しがっているわ」、「だって山宮さんが伊東派のお手先になっちゃったんだもの」と言われた。清子はこのような「無邪気で遠回しな意思表示を前に」も「幾度かうけた」とあるように、やはり仲間たちの不真面目な意思表示が繰り返され、清子はいよいよ憤りを抑えられなくなっていた。それは「こんな言葉は女が自己の思想をもたず、男の軌道を自己の軌道として道を定めている場合にのみ言える」ことで、それを清子の場合に「混同するのは屈辱だった」からである。

では、「自己の思想をもたず、男の軌道を自己の軌道として道を定め」るのはどのような女性なのだろうか。その端的な例は、本テクストに登場する小枝であると言える。当時において一般的な女性と思われる小枝は「弱く控えめ」で「従順」で、何の身につく技術も持っておらず、自分の力で生きていくことができず、男に「寄生」してきた女性であった。男女関係については自分の意見を持っておらず、『プロレタリヤの星』に描かれたように「主張する代りに同情を招け」、「働いて食う代りに愛されて食え」と父に教えられた通りの保守的な考えを受け継いできた。また階級運動に対しても無自覚で無知であった。そのため特高に安田の居場所をわざわざ教え、安田逮捕に手を貸してしまった。

それに対して清子は強く、活動的で「働くプロレタリヤの女」であり、階級問題をよく理解し、組合運動に対して情熱を持っていた。また、男女の関係についても自分の意見を持ち、自分の思想を持っていた。清子は山宮の「理論を愛」するわけではなかったし、山宮の「伊東派への追随も決定的ではな」いと考えていた。しかし、仲間たちはそんな清子を理解しようとせず、清子は山宮に引っ張られていると思い込み、山宮との恋愛関係は彼女の組合活動の邪魔になることと恐れ、二人を別れさせたがっていたのだろう。

そんな仲間たちによる「屈辱」に耐えられず、清子は「憤り」が「全身に沁み渡」り、「突然歩き出」した。その時、彼女の「背に皆の視線は電球の様に走った」。同僚の絹代は憤っている清子の顔から目を離さず、彼女を追っていった。

「ねえ、わたしそんなに山宮に引張られてるように見える?」
「引張られているって誰も言やしないんだよ。つまりね。」
「つまりどうなの。あんたがたの理論を一度おしまいまできいて見たいともってるんだよ」
絹代はさからわないように沈黙した。

他の同僚と同様に、絹代も率直に話さず、黙ってしまうが、清子にある暗示を与えるのだった。絹代は「あんた『赤い恋』よんだ」と聞いたが、清子は「よまない」と答え、「慎みもなく嘲る鼻の音をたてた」。清子にとって「同志の注意があまりに平凡で可笑しかった」。しかし、「退けて一人で電車にのると一途な自分の考えが頻に」「顧られ」、『赤い恋』を読んでみる気になった。

『赤い恋』（一九二三　原題『ワシリーサ・マリギナ』）とは、コロンタイというソ連の女性革命家の小説の日本語訳名(14)である。主人公のワッシリッサは編物工場の女工であり、コミュニストである。彼女は党務の他に、共同炊事場、洗濯場、共通の食堂などを設けた共同住宅の組織づくりもはじめている。彼女にはヴラジーミル（愛称ウォロジャ）という夫である同志がいる。ワッシリッサはウォロジャをとても大事にしていた。ウォロジャは規律を無視し、アナーキストだと非難され、決議を考慮に入れることを好まず自己流にやってしまうような人だった。様々な欠点があることを承知しながらも、ワッシリッサは彼を愛していた。二人は互いに邪魔をせず、仕事に身も心もささげるというために何ヶ月も別居していたが、ワッシリッサは自分の仕事で苦労しているにも拘らず、ウォロジャに手助けを求められるとすべてを犠牲にして彼の所に飛んでいくのだった。しかし、別居して七ヶ月後に夫の赴任先を訪ねてみると、夫は他の女と関係していたことを知る。またしばらく経つと夫にはニーナというブルジョア出身の愛人がいることに気づき、彼に対する不信感が深まる。ウォロジャは自分が初めてニーナの処女を奪ったから彼女と別れられないと言う。それだけでなく、ウォロジャは派手好きで、次々と党の幹部などの客を自宅の食事に招待し、豪華な晩さん会を開き、贅沢三昧の暮らしをしていた。このようにウォロジャは小ブルジョア化していき、コミュニストであるワッシリッサとは思想的に衝突していく。

ウォロジャはお金にも女性にもだらしないだけでなく、自分を守るためによく嘘をつき、ワッシリッサを傷つけた。ワッシリッサは彼のわがままに振り回され疲れ切り、決してこのような男とはやっていけないことに気付き、遂にウォロジャと別れる決意をする。「あたしは、同志としてのあんたに対する信頼感をもっていました…ヴラジーミル、それを惜しげもなく踏みにじってしまったのは、あんたなのよ…お互いの信頼感がなくて、どうして一緒に暮らせるの?……二人の生活、あたし達の仕合わせは、おしまいなのね……[15]」とワッシリッサは涙をしながら言った。また「ヴラジーミル、こんな生活じゃ、あたしは息がつまってしまうわ…あたしがつらいのは、あんたが別嬪さんとお付き合いすることなんかじゃないわ…もっともっと苦しいのはね、二人がもう同志じゃないってことなのよ[16]」とあるように、ワッシリッサが離別したのは単に夫に女ができたからなのではなく、同志に裏切られたからであった。

清子は『赤い恋』を読むことによって、自分と思想の合わない相手と別れるべきという仲間たちの「理論」が理解できて、山宮と別れる決心をした。しかし、「コロンタイのワッシリッサはウォロジャと別れた。別れねばならなかった。はたして別れねばならなかったろうか」と清子はワッシリッサの最後の決定に疑義を持つ。「コロンタイと東洋の一プロレタリヤ婦人との間には茫漠とした見解の相違があった」。それは同時に清子と「他の組合員との茫漠とした相違だった」。しかし、なぜ清子は疑問を持ちつつも、愛人と別れねばならなかったのだろうか。テクスト内時間当時、階級運動に携わっている夫婦や恋人同志の間で互いの思想が異なる場合は別れることが求められていたからであろう。運動のためなら個人の感情を押し殺し、私生活を犠牲にしなければならなかったのだ。

女が男と意志を異にする毎に別れねばならなかったのは女の力が未だ微弱で男に妨げられた時のことだ――清子はそう考えた。

今女はそうでない。その自覚から出発すれば、ウォロジャは――まして山宮は突き放されるべきではなかった。彼は突き放される所かもっと執拗に親切に引き摺り込まるべきだった。

清子がワッシリッサのウォロジャとの離別を批判しているのは、自分と山宮との問題に重ねて考えているからだと言える。清子は、あらゆる個人的な感情を犠牲にし思想に機械的に追随していた他の運動家と違って、理論だけでは割り切れない「愛情の問題」に懐疑的な目を向けている。ここから清子の新しさが窺われる。「女が男と意志を異にする毎に別れねばならなかった」とあるように、昔の女性は男性の思想に従うか、従うことができなければ別れるしかなかったのだが、「今」の女性には男性の意志を変えさせる力があると清子は考える。清子もワッシリッサも男性と対等に働き、経済的にも精神的にも自立しており、男性に劣っていない。二人とも公的生活では強く闘える女性なので、男性との関係に関しても諦めずにやりぬくべきだったと清子は思っていたのだろう。

3 清子の闘い

以上みてきたように、清子は一番信頼していた恋人と指導者に裏切られ、いったん失望するが、そのような状況に屈せず闘っていこうとする。清子の闘いは、資本家に対するだけでなく、堕落した組合幹部に対するものでもあった。

清子が勤めていた新聞社に関しては次のように描出されている。

没落したM系財閥の遠い枝のさきをなしたこの社の資本系統は、既に数年前から幾度も危機を伝えられた。それをわずかに持ちこたえて来たのは、現社長の赤新聞的な方針だった。だが、今後の危機は背後から広告収入の低減となって侵食して来た。さらに競争圏外にあった一流紙が赤新聞的要素を加味して来たことも緩慢な打撃だった。そこに現れた一流紙の二社協定は致命傷だった。

「赤新聞」とは、「明治二〇年代の後半に東京の商業新聞がはげしい販売競争を演じたとき、つや種や暴露記事で売行きの増大をはかった新聞をさしていった」もので、「同紙淡紅色の用紙だったことからこの名が生まれた[17]」のである。清子の会社は危機的状況にあり、センセーショナリズムを売り物にして生き残ろうとしていたことがわかる。印刷工場で使われていた「輪転機」は「先月のある日から」「停止」しており、「埃と機械油とで汚れた百フィートのドンゴロス布がかけられ」、「機械もドンゴロスも黒かった」。「輪転機[18]」は、円筒状の版と印圧円筒との間に巻取紙を通して印刷する機械であり、印刷速度が早いのが特徴で短時間に大量の印刷ができる。高速印刷を最も切実に要求される新聞印刷には欠かすことのできないものであるが、清子の工場では経済危機のためにそんな大事な機械が故障したままになっていた。また、『プロレタリヤの星』では、「新聞値下げ以来賃金の低下した印刷工」という描写から、賃金切り下げが問題になっていたことが窺われる。工場の解版部については「解版の仕事は漸次鋳造部に移されつつ」あり、「それから起る縮小は従来結婚や病気やの自然退職で埋め合わされた」が、「来るべき整理には」解版部の「全廃が確実に予想された」とある。従って、賃金値下げと解雇の両方が今後の争議の焦点になると思われる。

清子にとっては「組合に加入してはじめての闘争」が「目近」にあった。彼女は工場委員会から出る「女工ニュース」の責任者で、委員の手から毎月の原稿を受け取っていた。「女工ニュース」は「組合の統制下」になかったために、清子は「女工ニュース」を通して「組合指導部を批判」し、「独自の煽動」をしようと考えていた。しかし、「原稿は今月、委員会の例会が過ぎても」清子に「回って来なかった」。清子は「文選まで行って促」すと、ずっと遅れていた原稿は「変な寄せ集めでとどいて来た」。しかも、原稿の内容は「組合婦人部のきまりきった報告」と「整理断行に反する抽象的なアジ文」であった。「これではニュースはいつもより固」くて、「かつてない程貧弱」だと清子は思った。しかし、清子は「委員でも班責任者でも」なく、原稿に関する疑問を「来月の婦人班会にしか持って行けな」かった。今度はニュース出版の金を受け取るために解版部に夜勤の第一休憩まで待った。会計責任者の代田にお金のことを尋ねると、「弱ったな。あの金は今月は一般ニュースに使う筈になっているんだ」と言われ、清子は驚愕し、「そうなると今月分の女工ニュースの金はどこから出るの」、「おかしいじゃないの」と詰問する。「あれに代るニュースがどこかから秘密に出ているんじゃないの」と清子は組合運動が潰されようとしていることを怪しみ、正面から突っ込んだが、代田は「さあ、知らんねえ」と意地悪く突き放した。清子は「さあ、知らんねえ」という「言葉の含んでいるあらゆる意味をあます所なく」「味わおうとした」。その言葉が清子の立場を教えてくれる唯一の鍵だと思い、屈辱感を味わう。「宗派主義だ」と重々しい切れぎれな声でうめくように清子はつぶやいた。「宗派主義」とは「自分の属する部門にとじこもって排他的になる傾向[19]」であるが、代田は裏話を知っていながらも、自分と違う部門の清子には教えてくれなかった。清子はそんな同僚に対して「反感」を抱いた。

代田はお金のことを聞きに文選に行き、「一円五十銭だけかりあつめて」清子に渡した。「兎に角まああずかっとくわ」と疑問を持ちつつもお金を受け取る清子であった。以前山宮との会見や伊東との付き合いのために「女工ニュース」を遅らせた清子は、二人と離れて今は全面的に仕事に没頭していた。このように清子は、他の仲間と比べて、実際に行動を起こし、自分たちの生活と職場を守り、権力と闘おうとする意欲を持っていた。その意欲は、逮捕された同志の妻を奪い取ってしまった安田、同志に奪い取られた妻を取り戻すために同志の名前を警察に明かしてしまい運動への闘争心を失った石上、堕落した幹部伊東のような男性社会運動家や他の女工たちと比べてみても明らかに強いのではないだろうか。

さて、同じく「プロレタリヤの女」である小枝の闘いはどのようなものなのだろうか。「風のように来た安堵と信頼とが風のように過ぎ去って孤独が甦った。あの恐ろしい貧乏もすぐ目近に」あり、「家のさまを見ると心苦しかった」。小枝は石上が逮捕された後安田に縋り付いたが、安田も捕えられると再び孤独で窮迫した生活に戻ってしまった。「「痛いよ。この子は」母が食事する茶碗の下で、子供は乳首を歯でかんだ。出ない乳のために子供は苛立ち、日毎に育って来た歯根の感覚が触れるものへの狂暴な追求を現すのだった。「痛いじゃないか。馬鹿」一瞬子供を覗き込んだ小枝の顔はいくつもの表情の衝突が錯綜」し、「透明な涙」が「鼻のわきを落ちた」。母乳が出ないのは貧困によってまともな食事を取れず、栄養失調になったことが原因だと思われる。子供は吸っても吸っても乳が出ず、空腹感が満たされないから「苛立ち」、一方小枝は何度も乳を吸わせて痛く感じ、耐え切れなくなって子供を怒鳴ってしまい、〈涙〉を流した。その〈涙〉には乳首の痛みは無論、自分の子供に母乳を与えられないことに対する申し訳ない気持ち、自分の力で育児ができないことに対する情けさ、孤独感や悲しさなど様々な感情が込められていたのだろう。

さらに、小枝にはもう一つ「新しい問題」が起こっていた。「俄に胸を突き上げて来る吐気の弾丸」、「咽喉を引返した吐気」、「内臓を吐き出しそうな嘔吐」とあるように、小枝は何度も吐き気を感じたり、嘔吐したりして妊娠をしたのではないかと疑惑を持っていた。「生理的変化の自覚以来ねても起きても唯一つそのことだけが蜘蛛糸のように」「からみついていた」。小枝は安田の子供を身籠ってしまったことを自覚し、乗り越えなくてはいけない問題がもう一つ増えていた。自分と子供の生活さえろくに支えられない小枝にとっては、もう一人の子供を産むことは到底考えられず流産[20]するしかなかった。当時人妻は貞操を守ることが求められ、夫以外の男性と性交渉を持つことはタブーだった。流産を望むのは、小枝が婚姻関係にない安田との子を身籠ったという社会的に見て道義に反する行為であると同時に、小枝が姦通罪の対象だからである。姦通罪とは、有夫の女性が夫以外の男性と性的関係を結んだ時、その女性と相手の男性とに成立する犯罪のことで、日本では一八八〇（明一三）年に公布され、一九〇七（明四〇）年に厳しくなった刑法である。法は「刑事上、姦通罪として刑事罰を科す」、「民事上、不貞行為を離婚原因として離婚請求を認める」、「損害賠償請求を認めるというかたちをとって[21]」いたとあるが、留置場にいた石上は印刷物を作った同志の存在を明かせば、釈放されることになっていたので、小枝は石上が帰ってきた後離婚される可能性がある。小枝は夫の反応や自分の今後の生活を心配していたのではないだろうか。

小枝には、夫や世間から隠して妊娠を中断できる方法としては堕胎剤の服用しかなかった。しかし、彼女には堕胎剤を買うためのお金さえなく、清子が「女工ニュース」のためにもらってきた「一円五十銭」が机の上に置いているのを見て「不快さ」を感じた。小枝は「明らさまに用途をいえない金がほし」く、「幾度かの躊躇の後に一円」貸してくれと清子に頼んだ。小枝はなぜ同じ「プロレタリヤの女」と同居しているにも拘らず、清子に「打ちとけた話」ができず、お金の用途を話せなかったのだろうか。小枝には、自分の「無知を笑われまいという意識」や、清子の「「女らしい」ものの欠乏を蔑む意識」があったからである。一方の清子は、『赤い恋』を読了した後に小枝の嘔吐の音を聞いて、「たった今まで目の下にあった北の国ロシアの現実はフィルムより早く走り去った」、「ここにまた新しい問題が同性に起こっていること」を「前から知らずには居なかった」と思った。清子は小枝が妊娠の問題を抱えていることを知っても知らぬふりをしていた。清子には自分と違う立場や状況にいる女性に対する理解が浅かったと思われる。

当時の女性運動家の山川菊栄が「景品附き特価品としての女[22]」の中で次のように指摘している。


十年前と今日では、婦人の個人主義的自覚の程度には著しい相異がある。今日、親の言うなりに、親の選んだ夫に従って、何ら自己の意思や要求を持たず、発表せずに終わる娘はようよう稀になりかけている。けれども、今日大多数の娘の自覚の程度は、親の選んだ買手でなく、自分自身の選らんだ買手に生涯を売ろうとしている程度の自覚で、真に売買をはなれ、経済的打算をはなれた、自由な、対等の個人同士の、単純な愛情のための結合にはまだだいぶの隔りがある。否質の相異がある。（略）男子が一家の経済的中心であり、女子は只これに依嘱することによって生涯の資を得ている。

また、たい子自身当時の女工について、全国の女工数の「八十％は平均二十四歳に達すれば配偶者を求めてその配偶者に経済的依嘱をする。しかし、残された二十％すらが果たして結婚を生活手段とせずに生きているかしら？否！日本の資本主義が婦人に与える賃金は、彼女自身だけの生活すら保証されない[23]」と述べている。

従って、「女が男と意志を異にする毎に別れねばならなかったのは女の力が未だ微弱で男に妨げられた時のことだ」、「今女はそうでない」と清子は考えたが、「今女はそうでない」はごく少数の例を指しており、小枝のような女性は当時一般的であったと言える。清子には自分以外の女性の現実は見えておらず、それが高い理想を持って闘っていた清子が見落としていたところとして捉えられる。

おわりに

清子も小枝も「プロレタリヤの女」だが、生き方には決定的な差異が見られる。男性に依嘱する以外生活方法を持たず男性の不在によって生活に困窮し、日々の生活と闘っていた小枝とは対照的に、清子は経済的にも精神的にも自立した女性であり、労働者の人権のために闘っている。清子は一番信頼していた愛人にも指導者にも裏切られるが、それでも諦めず自己の思想を貫こうとし、ひたむきに闘っていこうとする。清子の闘いは様々な障害によってうまくいかないとしても、その闘う意欲は同じような立場にいる石上や安田と比較しては勿論、指導的な立場にある幹部や他の女工たちと比べても優れているものである。

本テクストには、女性を前近代的な状況が取り巻いていた時代に、一人の「プロレタリヤの女」が労働者の人権のために闘い、愛し、傷つき、仲間たちとの見解のずれに悩み、自己再生していく過程が描かれている。平林たい子は『無産婦人と恋愛[24]』という社会時評の中で、「封建的遺習のみやげ物である所の賃金の不平等と、家庭労働の煩雑と、無料産院や託児所その他母性小児保護の社会的設備の不完全とは、労働婦人を、その親から、兄から、夫から経済的に独立した生活をいとなませる道をつねに阻んでいるのである。男性よりの経済的独立！私は、自由平等な男女関係の第一条件が、「男性に依嘱していない独立した生活」であることを断言する」と書いている。また、『赤い恋』について「私は、この書を、世の多くの、口紅と恋愛とより外に問題を持たないモダーンガール、マダム諸氏、及び、自分自身は最も進歩的なコムニストであると自信《ママ》しながら、女性に対してだけは実に古くさい考を持つコムニスト諸氏、及び女は「性欲の道具だ」とより外には女性に対して何の考も持ち得ない古い男達、及び、「男は女を食わすもの、愛撫してくれるもの」以上の考を持たない大人しい娘さん達、しとやかな奥様達にぜひおすすめしたいのです」と述べている。本テクストでは、二人の正反対の女性を登場させることによって、「寄生するプロレタリヤの女」つまり、当時の典型的な女性のタイプを批判し、清子のような新しく「働くプロレタリヤの女」の生き方を推奨したかったと言えよう。

　日本では昭和初期において、性欲、恋愛の欲望は一杯の水を飲むように簡単に満たされるという、いわゆる「水一杯」論をコロンタイの思想と曲解されてしまったが、[25] 先に見たように性の渇きを水一杯を飲むような感覚で満たしているのはワッシリッサではなくウォロジャであり、コロンタイはそういう男性の生き方を批判的に描いている。たい子は当時流布していた間違った解釈をそのまま受け止めるのではなく自分の目でしっかり読み、理解し紹介している。また清子を通して、「愛情の問題」とは思想のみで機械的には考えられないという問題提起をしている点で、本テクストは価値ある作品だと考える。さらに、『プロレタリヤの星』と並置すると、社会運動の陥穽が男達の旧態依然たる女性観にあるとしたのに対し、清子のような新しい「プロレタリヤの女」に、社会運動を切り拓く可能性をみていると言ってもよいのではないだろうか。

注

（1）「文芸時評」（『改造』一九三二・二）
（2）「平林たい子――初期の世界――」（『文芸研究』一九七六・三）
（3）（2）に同じ。
（4）前作の『プロレタリヤの星――悲しき愛情』のテクスト内時間は、一九二七（昭二）年から一九三一（昭六）年の間としたことから、本作のテクスト内時間は一九二七（昭二）年から発表年の一九三二（昭七）年の間と推定することができる。
（5）週刊朝日編『続々値段の明治・大正・昭和風俗史』（朝日新聞社　一九八二・一一）
（6）週刊朝日編『値段の明治・大正・昭和風俗史』（朝日新聞社　一九八一・一）
（7）週刊朝日編『新値段の明治・大正・昭和風俗史』（朝日新聞社　一九九〇・一）
（8）（6）に同じ。
（9）「活動」については、相賀徹夫編『大日本百科事典ジャポニカ』第四巻（小学館　一九六八・八）を参照した。
（10）松井栄一他編『近代用語の辞典集成　三〇』（大空社　一九九六・二）によると、「消費組合」とは、商人の仲介的利潤を廃棄し、消費者の生活を擁護するため労働者農民が、直接生産者から物質を購入し、分配するための組織である。
（11）幹部と組合員との連帯感の希薄さについては、第三部一章「『プロレタリヤの星――悲しき愛情』――社会運動の陥穽」で言及した。
（12）『日本文学全集――平林たい子集』第三八（新潮社　一九六二・九）所収の注。
（13）昭和初期にはプロレタリアートの「愛情の問題」を取り扱った片岡鉄兵『愛情の問題』（一九三一・一）、徳永直『「赤い恋」以上』（一九三一・一）、江馬修『きよ子の経験』（一九三一・二）など一連の作品がある。本テクストにも「愛情の問題」が見出せる。
(14)『赤い恋』については、杉山秀子『コロンタイと日本』(新樹社　二〇〇一・二)を参考にした。
(15)コロンタイ『赤い恋』の引用は、高山旭訳『働き蜂の恋』(現代思潮社　一九六九・三)に拠る。
(16)(15)に同じ。
(17)下中邦彦編『世界大百科事典』第一巻(平凡社　一九八一・四)
(18)下中邦彦編『世界大百科事典』第三二巻(平凡社　一九八一・四)を参考にした。
(19)新村出編『広辞苑』第六版(岩波書店　一九五五・五)
(20)日本では一八八〇(明一三)年刑法の「堕胎ノ罪」によって、堕胎は可罰的犯罪と把握され刑罰的制裁の対象となり、日露戦争後の一九〇七(明四〇)年にさらに厳格化された。堕胎をした女性については「懐胎の婦女薬物その他の方法を以て堕胎したるときは、一年以下の懲役に処す」、また堕胎を行った者は「二年以下の懲役に処す」と定められている。従って、小枝には中絶をする選択はないと言える。藤目ゆき『性の歴史学――公娼制度・堕胎罪体制から売春防止法・優生保護法体制へ』(不二出版　一九九七・三)を参照した。
(21)井上輝子他編『岩波 女性学事典』(岩波書店　二〇〇二・六)
(22)『婦人公論』一九二八・一
(23)平林たい子『ロマンチシズムとリアリズム――山川菊栄高群逸両氏の論争の批評――』(『婦人公論』一九二八・九)
(24)『改造』一九三〇・二
(25)山下悦子『マザコン文学論』(新曜社　一九九一・一〇)を参考にした。

第四部　社会主義からの越境

第一章　『かういふ女』に見る人間表象の転換　――「私」の多面性――

はじめに

『かういふ女』（初出『展望』一九四六・一〇）は平林たい子の戦後の代表作である。主人公の「私」は左翼運動家の夫をかばい、留置され、長期拘留中に腹膜炎となり、闘病している。テクストは入院中の「私」の病気に至るまでの事件とその経過を回想する形式で描かれている。

本テクストは従来、「私」を中心に論じられて来た。同時代には、山本健吉が、「野生的で意力的な生への執着を持った女[1]」と評価し、その後、中山和子氏が、「酷薄なまでの強さ」「底深い恐るべき生命力[2]」を持つ女と定めた。尾形明子氏の「豊かな愛情、明晰な判断力[3]」を持った女という指摘もなされているが、中山氏の評価をベースに、今日まで研究が展開されてきたと言える。即ち、このように従来の論では、「生へのすさまじいまでの意力」「烈々たる自己肯定欲」「強靭な初原の生命力[4]」は同時に「たい子の文学の資質[5]」と規定され、たい子文学全体を覆う特色とされてきた。そして、「私」の性質における「強さ」が強調されてきたが、「私」の強さ以外の面については指摘に留まっている観がある。

本章では、同じ社会主義者の女性を主人公とし、闘病や権力との対決、夫や子供との関係といった同様の素材を扱った戦前のプロレタリア文学『施療室にて』（初出『文芸戦線』一九二七・九）と対比しながら、『かういふ女』の「私」の「強さ」以外の〈多面性〉を明らかにしたい。また、両作の主人公に見られる「強さ」の質の違いについても分析し、たい子文学における人間表象の転換について探ることを目的とする。

1　「私」と病気

『かういふ女』は「私」の病気の描写から始まり、「私」が病気に陥ったという場面で閉じられ、病気に関する詳細な描写がなされている。同様に、『施療室にて』も題名自体が病気を治療する場所であることに表れているように、病気に関する描写が至るところになされている。両作において病気は重要な意味を持っているのだが、闘病姿勢には明らかな差異が見られる。

まず、『施療室にて』の「私」の病状について見ていく。同小説の「私」は「妊娠脚気」を患っている。

足の位置をかえるために背を動かすと恐ろしい疼痛が蔓のように下腹を這った。さては？何か縮むような痛みがつづけて押してくる。痛い。とてもたまらない痛みだ。

以上の場面から、『施療室にて』の「私」は「恐ろしい疼痛」「たまらない痛み」「縮むような痛み」とあるように、酷い痛みに悩まされている。さらには、「縮緬にさわったようなチリチリした痺れ」「肥った足が気だるい」と足の痺れや倦怠感に苦しみ自由に行動できない状況にいる。

一方、『かういふ女』の「私」も苛酷な病にかかっていることがテクストの冒頭で示される。

温度表の上では「奔馬性」という言葉そのままに、狂った馬が恐ろしい勢いで地を蹴って奔って行くような熱の高低が不揃に毎日繰返された。低い谷では三十六度を割っていることもあり、高い峰では三十九度の線をさえ跨いでしまっていることもあった。

「私」は腹膜炎にかかっており、熱の高低差が常に「私」を悩ませる。腹膜炎の症状により、「顔から夕立のように汗が流れて両脛はひとりでにくの字になり内へ曲り込」み、「腹掛のようにふくれ上った」。腹膜炎によって「私」は「口を利くのも息苦し」く、「便所へ行くのもむずかし」い状態にいる。さて、テクスト内時間においては、腹膜炎はどういう病気として考えられていたのだろうか。テクスト内時間は、「日本が中華民国のあちこちに日の丸を立てて進撃している頃」という描写から、日中戦争下であり、夫が検挙された日は「十二月」とされていることから人民戦線事件の起った一九三七（昭和一二）年一二月と定められる。腹膜炎についてほぼ同時代に刊行された事典に次のように記されている。

他の諸器官の疾病によりて積発する病。急性なるは悪寒・発熱・嘔吐・腹部の劇痛・緊痛等ありて、多くは数日にして死し、慢性なるは腹痛・鼓腸・嘔吐等を感じ、全身病状は僅微なり[6]。

「多くは数日にして死し」とあるように、当時の医学では、腹膜炎は死と隣り合わせにある深刻な病と捉えられていたことがわかる。以上から、『施療室にて』の「私」も、『かういふ女』の「私」も非常に苛酷な状況にいると言える。

しかし、両作における「私」の闘病に対する姿勢は、大きく異なっていると言える。『施療室にて』の「私」から見ていく。「私」は酷い妊娠脚気に苦しんでおり、慈善病院で一人分娩を待っている。しかも、出産が済めば、収監されることとなっており、看視つきの身である。しかし、「私」はそのような苛酷で不安な境遇に屈しないのである。

自分の不幸を嘆いてはならない。（中略）大きい腹をかかえて起き上がれない体が河から引摺り上げたい重い一本の丸太のように情けなく考えられる。

「私」は現在の自分の境遇を「不幸」としつつも、それを「嘆いてはならない」とし、むしろ現在の自分を「情けなく」思い、苛酷な病と闘うことを決意する。「私」は「未来を信じて生き、苦闘の中にいても、赤い焔をどこまでもどこまでも、見守って闘って行こう」と自身に言い聞かせる。さて、「私」が「見守って闘って行こう」とした「赤い焔」とは、何なのか。当然、「赤」とは、共産主義を指すので、「赤い焔」は共産主義の志す闘志であろう。そして、「私」の信じる「未来」とは、社会が変革された後の世界である。「私」は、命をかけて運動家として、社会を変革するという自分の使命を果たそうとする。その決意は以下の場面にも表れる。

私は、咽喉を笛のように円くして、低い声で「民衆の旗」をうたいだした。高い音のところへ来ると肩を突きあげて肺の息を押しだしながら、ふるえる自分の声に聞き入る。

「私」は震えるほど苛酷な状況にあっても、自らを鼓舞すべく「民衆の旗」を歌う。この「民衆の旗」は、労働運動や革命運動の中で広く歌われる「赤旗の歌」[7]を指していると思われる。この歌に表されている「我らは死すとも赤旗を／掲げて進むを誓う」と、社会変革のためならば、死ぬことをも恐れない運動家としての思想をまさに「私」は体現していると言える。以上のように、酷い痛みと闘いながらも、『施療室にて』の「私」は社会主義者としていつか社会を変革するために生きていると言えよう。

それに対し、『かういふ女』の「私」の闘病はどうだろうか。『施療室にて』の「私」同様に、『かういふ女』の「私」も、「人間はこんな不幸のために死ぬべきではない」と憤り、『施療室にて』の「私」が誓いを立てたように、「生還の誓い」を立てる。

最初この病気を知ったとき自らが自らに誓った生還の誓いは、いう所の鉄の誓いにも比すべき誓いだった。

「鉄の誓い」は、『施療室にて』の「私」の誓いの強さに匹敵する。しかし、両者の誓いの内容、つまり生きる目的は異なる。『施療室にて』の「私」が「赤い焔」、つまり社会を変革するという誓いを立て、社会運動のために生きたいとしたこととは対照的に、『かういふ女』の「私」は、「ただ生きたいのだった。どうしても生きたいのだった」と、自らのために誓いを立て、ひたむきに生きる姿勢を持っている。これは両者の決定的な差異だろう。「ただ生きたい」「どうしても生きたい」とする『かういふ女』の「私」は生に対する並々ならぬ執着を持っている。「私」の生に対する執念はテクストの至るところに見られる。

壁づたいに便所に行き着けても、便所の中では膝を折って坐るほかなかった。しかしその不浄な場所も坐るほどなじんでしまえば好ましい孤独なかくれ家だった。立ち上がるため床へ手を突くには何の躊躇もいらないほど身近な――。

「私」は便所の中という「不浄な場所」に「膝を折って」直に坐り、また、立ち上がる時も便所の床に手を突く。「私」は汚物にまみれても、生きるために形振り構わない。それは食事をする場面にも表れる。

日に三度の食事を三度の戦いと考えて、片手には嘔吐物を受けるコップをもち、粥の中には氷を入れて、吐くそばから吐いた分位ずつ噛まずに呑み込んでいるみじめな食欲。

「私」は生きていく上で必要不可欠な食べるという行為に一生懸命であり、食欲は生きる意欲と同等である。「私」は生きるためにがむしゃらに食べ続ける。

しかし、「私」は生に対する強い執着があるゆえに死への恐怖も感じている。

夜中にふと目ざめてすぐ腕の脈にさわり、そんな深夜自分が不覚にも眠り痴れていたときにさえ、心臓が怠けもせず陰日向もせず正確に働いてくれたことを知った時のかたじけなさ。

夜中にふと目が覚めると「私」は「腕の脈にさわり」、脈を数えることで自分が生きているかどうかを自ら確認し、「心臓が正確に働いていること」に感謝する。また、「日に二三度は、熱や脈の線」を見たり、さらに「日に幾度でも医者をよび、カンフルを打って貰い、注射液の痛い刺激で、眠り込もうとする生命の睡気を醒ま」したりする。「私」は死への恐怖があるがゆえに生きるためにありとあらゆる努力をする。以上からは、「私」が死ぬことを非常に恐れていることがわかる。

そして、死への恐怖が孤独感も導き出す。

医者と看護婦とを相手に二言か三言喋るよりほか口を利く相手もない私は、枕元にある小さい焼焦げのある手鏡をとって、一時間でも二時間でも石油色の鏡面を覗きこんで、病気を見つめる気持を引き離そうと努力することにしていた。

「私」は自分の姿を鏡に映してみることで、自分が生きていることを確認する。その行動には、「私」の死への恐怖や生きようとする執念が表れる。それと同時に、病院の中では口を利く相手がおらず、自分が生きていることを示してくれる他者のいない孤独な状況を表していると言える。

『施療室にて』の「私」は社会革命を目的として生きており、それに反する感情を押し殺そうとする。それに対し、『かういふ女』の「私」は、何かの目的のためではなく、他人のためでもなく、自身のためにただただ生きたいのである。『かういふ女』の「私」には、生命力、生きることへのはばかりのないひたむきさが表現されており、より人間的に描き出されている。同時に、『かういふ女』の「私」の生きたい願望こそが恐怖感や孤独感を導き出し、「私」の〈多面性〉を浮き彫りにしている。

2 「私」と家族

以上、「私」の闘病について分析したが、「私」が病気に陥った背景には夫や子供といった家族の存在がある。『かういふ女』の「私」は、夫をかばったために拘留されることになり、腹膜炎を患った。『施療室にて』の「私」も、夫との共犯により留置され、子供を身ごもっていることで妊娠脚気の症状に苦しんでいる。両作の「私」の闘病は、いずれも夫との関係性によって導き出されているにも拘わらず、家族へのまなざしにおいて対照性が際立っている。

まず、『施療室にて』の「私」と夫との関係性から見ていく。「私」の夫は解雇条件に反発する動機で三人の苦力監督と一緒に馬車鉄工事の線路破壊テロを計画する。テロ行為をした結果、夫や夫の同志達は拘留されてしまうのだが、「私」も「共犯として出産のすみ次第収容されるべき運命にある」。先ほど指摘したように、「私」は酷い妊娠脚気を患っている。本来であれば、助けてくれる家族の存在を一番欲する状況であるが、夫が既に収監されており、一人で出産を待っている。しかし、「私」はそのような心細い境遇でも、夫がそばにいないことを嘆かない。社会運動家の「私」は、夫のことを「夫ではな」く「同志」としてみている。それゆえ、テロ行為に協力したことを、「従って行かなければならない」「運動するものの道」と思っており、「夫をうらむまい」とする。「私」は「少しも悔いてはいない」。むしろ、夫が自分のテロ行為に関して、「生まれる子供とお前に、俺は一番すまなく思う」と反省すると、夫の妻や子供への愛情を「女々しい態度」と捉え、次のように非難するのである。

私は、囚えられている夫の生活の中で外においてある妻と、生まれた子供の事が第一義であることに憤り、またすがりつきたいような堪えがたいなつかしみを感じた。

「私」は、揺れ動きつつも、夫にも家族への愛より運動家としての使命を第一に生きることを求めている。

一方、同じく社会主義者の妻という立場にいる『かういふ女』の「私」が、夫を夫として大事にしていることはテクストの至るところに見ることができる。夫が拘引されることになると、「私」は緊張のあまり、「手はわなわなして茶壺のふたさえとれな」くなってしまう。「こういう時の辛い気持はじめて経験したときと少しも変わらなかった」とあり、「私」にとって夫の今回の逮捕も初めての時と同等に辛いことがわかる。「私」にとって何回繰り返されても夫の逮捕は慣れるものではない。さらに「私」の辛い気持ちは、「経帷子と頭陀袋一つで十万億土まで行く人を送るような心細さ」とある。「経帷子」とは死装束つまり、死んだ人に着せる衣服のことで、「頭陀袋」は死者の首に掛けるもののことであり、「私」にとって夫が監獄に向かうことは死に向かうことと同様に捉えられている。

また、「私」は夫の逮捕に対し、「心細い」「やたらに心いそいで」とあるように、様々な感情を抱いている。夫に「すぐかえれる」と同意を求められると、内心では疑いを抱きつつも、「そうですとも。勿論」と夫を安心させるために「相槌を打って」やる。また、夫の「髪を梳いて分けて」やったり、夫が「留置場で不自由しないだけのものを十分も持た」せてやったりする。さらに、警察に「手柔らかく」扱ってもらえるように「よそ行きの着物」を着せてやろうとし、妻としての思いやりを示す。「私」には、拘引される夫が「可憐なもの」「あどけなくて罪のない一人の少年」に見え、「子供を一人旅に出す」ように思われる。夫のことが心配で「私」も夫について警察へ行くことを決心し、夫の「苦痛の分け前にあずかること」に努めようとする。以上より、夫が逮捕される際、焦ったり、心細くなったり、また夫に思いやりを示したりする妻としての「私」の様々な感情がはっきり読み取れ、夫を助けるために色々な行動をとっている「私」の姿も窺われる。これは夫の検挙を当然のように受け止めている『施療室にて』の「私」の姿勢とは対照的ではないだろうか。

「私」の夫への妻としての思いやりは、取調べの場面でも読み取れる。夫が取調べを受ける時、「暑がりの夫が肌脱ぎもできず、着物の背中に大きな汗の汚点を出しているのが私の所から見えた」とあるように、「私」は夫を遠くから注意して見守る。そして、暑い中取調べを受ける夫に、アイスクリームを買いに行くという気遣いをする。「私」は、ついには取調べ室に入っていき、「今日中に調べを終らしてほしい」と直談判し、夫を取り戻そうとする。このように『かういふ女』の「私」は、夫を思いやる妻であり、夫のことを社会運動家として見るのではなく、夫として大事にしていることが明らかだろう。

しかし、夫への思いやりがあるゆえ、孤独も感じる。「私」は拘引された夫を連れ戻し、助けるが、夫は感謝するどころか「俺が土に手を突いて感謝でも現さなければ気がすまないというのか」と怒鳴り、妻の気持ちを傷つける。「私」は夫に妻として愛してほしいのだが、その気持ちが充たされないことに「私」は「ひょっと凍るような淋しさを感じ」る。『かういふ女』の「私」の夫に愛されたい気持ちは、監獄にいる夫が家族のことを心配していることに反感を抱き、運動家としての道を貫いてほしいと思った『施療室にて』の「私」の感情とは対照的であると言える。その後、しばらく「互いの存在を必要以上に搦み合わせ」るが、「やがて以前のとおり散開してそれぞれの生活の面に向か」って行き、「私」は更なる孤独を感じる。その孤独ゆえに夫に対しても素直に接することができなくなり、「皮肉と恨みがましい口調」であたってしまう。「私」は、「重い鎖でつなぎ合わされた」、つまり普通の夫婦ではなく同志として結ばれている「自分達夫婦の苦しい結びつき方」に淋しさを感じる。夫を運動家の同志としてのみ見る『施療室にて』の「私」に対し、『かういふ女』の「私」は夫を夫として見ようとしており、妻として夫を思いやる慈しみの感情を持っている。しかし、それゆえに孤独感も生まれて来る。ここには「私」の「妻」としての〈多面性〉が窺われる。

次に、子供に対しての想いをみていくと、『施療室にて』と『かういふ女』ではとりわけ対照性が際立つ。『施療室にて』の「私」は、出産後ただちに収監されることになっており、子供を連れて監獄に向かうことを思うと、一瞬悲嘆にくれるが、すぐに立ち向かう姿勢を取り、次のように考える。

> 私は、額の広い、目の少し吊った女の児をうみたいと思う。よし、日本のボルセヴィチカを監獄で育てよう。しばらくすると、私は胸を突きあげる胎動にさからいながら厚い唇で口笛を吹いた。

「ボルセヴィチカ」とは可愛いボルシェヴィキという意味である。ボルシェヴィキとは「ロシア社会民主労働党が分裂して形成された左派の一派」[8]のことを指す。運動家である『施療室にて』の「私」は、子供のことを個人的な自分の子供ではなく、自分の思想を受け継いでいく存在としてみており、運動家として育てたいと考えていると言える。「私」は「胎動にさからい」、母親としての感情を押し殺すのだ。吹いている「口笛」とは、先に見た「赤旗の歌」のことである。また、出産後自分の産んだ子供を見ても、「「愛」というような感情は少しも起ってこない。「子供への愛が深いならば、深いがゆえに、戦いを誓え」と、「私」の子供への愛を運動家としての戦いの原動力に転化させるのである。そして、自分の脳貧血に高い注射を打った看護婦を怒鳴った院長に対し、反感を抱き、ミルクを求めず、脚気の母乳を与えてしまう。脚気の母乳を与えるということは子供を死なせることを意味するのだが、「私」は権力への反抗と子供の命という二つの選択肢のうち、やはり運動家としての使命を選び、子供を死なせてしまう。子供が死んだことを看護婦に報告されると、「そうですか」と「何でもなさそうに、平気な声で答え」る。「私」には「それ以上の感情は起っていないのだ」。看護婦に「顔を見たいでしょう」と聞かれると「いいえ、見ますまい」と死んだ子供の顔を見ることを拒否する。子供のことを思い浮かべる時、「私」には「旗のような一枚の布がひらひらと動いている」のが見える。これは先に見た「赤旗」の意味だと思われ、運動家としての使命を確認することである。「私」は子供に対しても母としての感情を押し殺し、運動家としての使命を大事にして闘っていこうとする。

一方、『かういふ女』の「私」も『施療室にて』の「私」同様に、子供を亡くした経験がある。「子供は、私の乳房から出端の苦い汁だけを吸って母の乳の甘い味も知らずに一週間でこの世を去った」とあるように、「私」は若い頃、子供を産んだが、栄養失調で死なせたのだ。『かういふ女』の「私」は現在、「子のない」ことに悩み、子供に対する執着心を持っている。

やがて、自分の心を焚くのにただ忙しい青春時代が過ぎて、子のない私にあわれにも悲しい母の心が育ってくると、今一度失ったものの姿を求める悲哀が更に切実になった。

子供を失ったことは「私」の心を非常に苦しめており、失ったものを求める願望が強くなっていく。「年のはじめに自分の年齢に一歳を加えるたびに、失ったものにも一歳を加え」とあるように、単なる喪失感にとどまらない苦悩が表現される。「私」は逮捕されてしまった夫の不在を淋しく思うと、昔亡くしてしまった子供のことが思い出され、「二人の姿は一つになって、感動で目頭からは涙が流れ」る。

私は、今のこの瞬間、あの夫とその子供の幻とを一緒にして、「夫は私の生んだその子供なのだ」と思うのに、何の躊躇も矛盾もなかった。そうして素直な気持の流れに任せて幸福な様な悲しい様な涙を流しながら眠るのだった。

「私」は夫に死んだ「子供の幻」を重ね、「幸福」を感じるのだが、所詮幻ゆえに、悲しくなる。『施療室にて』の「私」は、母というよりも運動家としての使命を大事に生きようとし、子供に対する母性的な感情は表面上ほとんど見られないが、『かういふ女』の「私」は、子供がいないことを非常に淋しく思っており、喪失感によって苦しんでいる。『かういふ女』の「私」には、子供を想う母性的な側面が明晰に表現されていると言える。

以上、両作における「私」の家族との関係性を分析したが、『施療室にて』の「私」は、夫に対しても子供に対しても運動家なのであり、運動家としての道を大事にしている。一方、『かういふ女』の「私」は、家族を大事にし、夫に対する妻としての慈しみや思いやりといった様々な感情を持つ。また、夫に愛されることを期待し、その気持ちが充たされないことに孤独を感じる。また、子供に対する執着心を持っており、子供がいないことに孤独感や喪失感を抱くというように、「私」は〈多面性〉を帯びていると言える。

3 「私」と権力

『施療室にて』の「私」も、『かういふ女』の「私」も、社会主義者であることから、両者とも権力と対決する立場にいる。『施療室にて』の「私」が入院している慈善病院は、国家権力のもとにある社会公共的救済事業である。従って、「私」が対決する国家権力の象徴としての慈善病院の院長、院長の妻である看護婦長が描かれている。また、『かういふ女』においては、国家権力の尖兵である特高の石山が登場する。両作における権力の描写や、二人の「私」の権力へのまなざしの差異について見ていきたい。

『施療室にて』の「私」は、出産を済ませた後も脚気の症状で苦しむ。「私」は常に足の痺れに悩んでおり、看護婦に「哀れみを請う」ように自分の「白い足の膚をさすってみせ」る。しかし、看護婦は主人公が嘘をついているのではないかと疑い、「大丈夫ですよ」と「無感動な顔」をする。その後も、助けを求める「私」に、看護婦は「いやな顔」「面倒くさそうな顔」をする。「私」は看護婦のそんな酷い態度に不信を抱き、以下のように考える。

> 表面は看護婦長であるが、事実は、医者の免状も持たず患者の診察もするし往診もしている。表面はビロードのようにやさしいが、なかには荊のような恐ろしい手応えをもった女だ。

「私」は、看護婦をかなり悪意に満ちた目でみている。また、看護婦や院長に対し反感を持った「私」は、脚気で母乳を与えられないにも拘わらず、牛乳を求めることをしない。脚気の母乳を呑んだ子供が下痢を起すと、「私」は誰にも頼らずに自分で色々な工夫をしてみるのだが、遂には、看護婦に「来診を頼む」。子供を連れて行った看護婦を「私」は待ち続けるのだが、看護婦はなかなか現れない。結局、子供が亡くなった後、代りに「見習看護婦がにこにこ」してやって来て、子供の死を報告する。「私」の期待は裏切られ、「どれほどの手をつくしてくれたか、考えるまでもない」と、「私」は看護婦の無責任さを再認識するのである。

それに対して、『かういふ女』の「私」の看護婦へのまなざしは、『施療室にて』の「私」とは端的に異なっている。先に触れたように、「私」は腹膜炎の症状によって便所にいけない状態なので、病室で便器を使用する。「私の使う便器を一日に一回ずつでよいから捨てて来てくださいませんか」と「私」が看護婦に便器の処理を頼むと、看護婦は「私」の要望に対し、「そんなことなら御心配なく」と「やすやすと引き受け」る。看護婦は「私」に対して親切であり、責任感を持っていると言える。「私」も看護婦に親切心を見ている。

私は、最初にこの部屋へ這入って来たときからこの地道な美しくない娘の内側に、体温のような平凡な温かさが、一寸触れただけで誰も気がつかない程低く穏やかに流れているのを素早く見てとっていた。

「私」は看護婦の内面にある温かさを瞬時に見てとっているが、これは非人間的な面にしか目を向けない『施療室にて』の「私」のまなざしとは対照的で、『かういふ女』に到って「私」のまなざしは深化していると言える。「彼女をたよらねばならぬ打算」とあるように、「私」は、看護婦の「温かさ」に段々全面的に依存していくこととなるが、その背景には、「私」の生きる執念が読み取れる。非人間的な面にしか目を向けない『施療室にて』の「私」と違って、『かういふ女』の「私」は他者の「温かさ」、親切心などに目を向け、〈多面性〉を帯びたまなざしを持っているると言える。同時に看護婦との関係性を『施療室にて』のそれと比べると、一で指摘した「私」の生きたいという欲望も浮彫りになる。

次に、『施療室にて』において慈善病院を取り仕切る院長について見ていく。院長は「市から下りる補助金をなるべく私生活の方へ繰りこみ」、「長い病人を生きたままで死亡室へ運んで外から鍵をかけた」という噂がされる人物である。「私」は日頃から院長に不信感を持っており、「昨夜、酒でも呑んだのか」と疑念を抱いたりする。そして決定的な事件が起る。「私」の脳貧血に看護婦が注射を打った。院長はその注射に使われた高い薬品の壜を見ると、看護婦を怒鳴る。

一グラムいくらするのか、君は知ってるかね。こんな貧乏病院で脳貧血にいちいちこんな薬を使われてたまるもんかね、君。（略）——一壜の薬品の値段よりも軽蔑せられた女患者の生命——
私は、子供に濁った乳をのませる決心が、ひょうひょうと風のように淋しく心に舞いこんできたのを感じた。

「私」は「一壜の薬品の値段よりも軽蔑」されたことに非常に反感を抱く。そして、死ぬことが分かっていながら、脚気の母乳を子供に与える。ここでは、先に見た「赤旗の歌」の「富者に媚びて神聖の／旗を汚すは誰ぞ／金と地位とに惑いたる／卑怯下劣の奴ぞ」[9]にあるように、院長に媚びない「私」の姿勢が表れている。以上から、『施療室にて』における看護婦同様に、院長もかなり非人間的な存在として描かれており、「私」のまなざしも憎悪に満ちている。

さて、『かういふ女』では、『施療室にて』における国家権力の象徴としての施療院に相当する特別高等警察が描かれている。特高警察は、社会運動や思想を取り締まり、国家権力の尖兵として、「戦慄と限りない憎悪の対象であり、極悪非道のシンボル」[10]とされていた。特高の残虐性は小林多喜二の虐殺に鮮明に表れている。

物すごいほどに蒼ざめた顔は、烈しい苦痛の跡を印した筋肉の凸凹が嶮しいので、到底平生の小林の表情ではない。頰がげっそりこけて眼が落ち込んでいる。左のコメカミには二銭銅貨大の打撲傷を中心に五六ヵ所も傷痕がある。それがみんな皮下出血を赤黒くにじませているのだ。首には一まき、ぐるりと深い細引の痕がある。（略）左右の手首にも矢張り縄の跡が円く食い込んで血がにじんでいる。(11)

「コメカミに五六ヵ所の傷痕」、「首に深い細引の痕」、「左右の手首に縄の跡」など、小林の遺体に見られた特高による拷問の傷の描写から当時の特高の極悪非道さが窺われる。これは、『施療室にて』における院長の命を軽視する態度と重なると言える。

『かういふ女』に登場する特高警察は、石山である。まず、特高の石山が「私」にとってどんな存在なのかを見てみたい。「私」が「昔から恩を受けた人や感謝すべき人の名前」を挙げてみると、「石山氏の名前も一緒に呼び上げられ」る。石山は「忘れるに忘れられない」存在なのである。石山はなぜ「私」にそこまでの印象を残したのだろうか。まずは、石山が「私」の夫を検挙しに来た時の場面を確認したい。

ただ指令の手配だけ受けて事を運びに来た石山氏は、恐らく深い事情も知らず、自分が発起していない気持の淡さから、またあとで考えて見れば本来の警官になり切れない性格から、こういう役目を負った者の当惑をさえ少々現してぽつんと立っていたのだった。

石山は任務に対し、熱意がなく弱弱しくおどおどしていることがわかる。また石山が、取調べを受けている夫にアイスクリームを食べる許可を与え、「石山氏と部下の二人にも一人ずつ配った」とあるように、自分達もアイスクリームを食べている。さらに、容疑者である夫の「も少しアイスクリームを買って来てくれ」という要求も容認しており、「私」を取調べ室に出入りさせ、アイスクリームを届けさせる自由を許す。これは先に見た小林多喜二に対する非人間的な拷問の場面や特高の「憎悪の対象」というイメージとは異なっており、石山の人間らしさが読み取れる。石山の人間性を帯びた描写が次のように続く。

石山氏は何か考えるような目をしてあけ払った隣の間の方を見ていたが、少し躊躇してから靴をぬいで上がって来た。その手に今ぬいだ靴が用心ぶかく握られている所に彼等の職業上の憎い訓練があった。その手の靴をちらと見てのかえりの視線と石山氏が私を何気なく見下した視線とは発止と合った。うっかり職業の殻から脱け出てきた生身の心の肌に私の注視がヒヤリと触れたらしい手応えが、その表情に見えた。石山氏は気弱な視線を転じて再びもう私の顔を見ようとはしなかった。

脱いだ靴を警察らしく注意深く握っていた石山であったが、「私」と視線が合うと、ふと「職業の殻」から離れ、「生身の心の肌」をさらしてしまう。そんな石山に「私」は、「躊躇」、「気弱」を見たのだ。石山は極悪非道であるはずの「本来の警官になりきれない」非常に人間らしい人物として描かれている。また、テクスト中に何度も石山の「曖昧な表情」が見られるが、これも石山の人間らしさを特徴付けるものである。最も石山の人間らしさが表れるのは、三回目に夫を逮捕しに来た時、夫に逃走されてしまう場面である。夫に逃走された石山は「私」に以下のように提案する。

「実は――君が三度もこんな目に遭われるのがいかにも気の毒で、一寸気を許したのが運の尽きでこんなことになってしまいました。それでですね、僕貴女に相談があるんだが何とかこの場を繕うような報告を本庁へ出したいんだが、力を貸して貰えないでしょかね」（中略）「どうでしょう。今とび出したのではなくけさここへ来てみたら、いなかったということにして置いて貰えませんか」

石山は自分が職務怠慢と言われることを恐れ、「私」と夫が三回もそんな酷い目に遭ったことが「気の毒」だと言い訳をし、「私」に隠蔽を頼む。ここから石山の人間らしいずるさや弱さが窺われる。やはり、石山が「私」に強い印象を残したのはこの人間らしさゆえだろう。

『施療室にて』における権力に対する描写は一貫しており、看護婦も院長も「私」のまなざしを通して、非人間的な人物として描かれている。一方、『かういふ女』における看護婦は親切で、「私」も看護婦の「温かさ」に目を向けている。また、極悪非道な存在とされる特高も人間らしく描写されており、「私」は特高に人間らしさを見ている。『施療室にて』と『かういふ女』における「私」の権力者との関係性を分析すると、「私」の権力者へのまなざしが大きく変化していることが明らかになる。

おわりに

本章では、『かういふ女』における主人公の「私」の〈多面性〉を『施療室にて』と比較することによって検証した。『施療室にて』の「私」が社会運動家として社会変革を目指し、ひたすらに強く、哀しいことがあっても毅然として立ちあがる女として描かれているのに対し、『かういふ女』の「私」は妻としての側面、母としての側面、人に依存する側面や人を思いやる側面などが見られ、特高にも人間性を認める〈多面性〉を帯びた人物として描かれている。ここに本テクストが、発表直前に「押しの強い女」から「かういふ女」へと改題されたことの意味も見出せるだろう。「私」の〈多面性〉が描き出されることによって、先行研究でたい子文学全体を覆う特色として一貫して指摘されてきた「私」の「たくましさ」や「人生への意欲」が、よりあざやかに形象化される結果になった。と同時に、「私」の強さの質の変化も導き出されていることがわかる。『施療室にて』の「私」が硬直した強さを持っているのに対し、『かういふ女』の「私」は、しなやかでねばり強い。そして、「私」の人間へのまなざしにも深化が見られることを指摘した。

『施療室にて』は、平林たい子が文学革命と社会変革を使命としていた文芸戦線派に属した時に、権力と闘う立場から執筆された。しかし、まもなくプロレタリア文学運動とは一線を画する立場をとり、孤立の道を選ぶ。さらに、戦後は、プロレタリア作家時代の政治的課題から解放され自由な目を持ったことが、『かういふ女』に見られる人間表象の転換を導いたと思われる。たい子文学は従来、プロレタリア文学から戦後の自伝的小説まで、一貫して生命力の強い女主人公を描いていると見なされてきたが、強さの質は変化しており、その人間表象も転換していることを本章で明らかにした。

注

(1) 山本健吉「平林たい子作『かういふ女』の「私」小説に描かれた現代婦人像」(『朝日新聞』一九五三・三・一)
(2) 中山和子「かういふ女の私」(『國文學』第二五巻第四号　一九八〇・三)
(3) 尾形明子「「かういふ女」の私」(『昭和文学の女たち』　ドメス出版　一九八六・一二)
(4) 中山和子「平林たい子　研究動向」(今井泰子・藪禎子・渡辺澄子編『短編　女性文学　近代』おうふう　一九九六・四)
(5) 注(4)に同じ。

(6) 松井簡治他編『大日本國語辞典』第四巻（冨山房　一九二九・四）

(7)「赤旗の歌」の歌詞は次の通りである。

民衆の旗赤旗は／戦士の屍を包む／しかばね固く冷えぬ間に／血潮は旗を染めぬ／高く立て赤旗を／その影に死を誓う／卑怯者去らば去れ／我らは赤旗守る（中略）我らは死すとも赤旗を／掲げて進むを誓う／来たれ牢獄絞首台／これ告別の歌ぞ（劇団はぐるま座『革命歌集』青年出版社　一九七二・一一）

(8) 下中邦彦編『世界大百科事典』第二八巻（平凡社　一九八一・四）

(9) 注（7）に同じ。

(10) 大野達三「戦前の日本と特高警察の実態」（『前衛』一九七六・四）

(11) 黒田秀俊「特高警察残酷物語——昭和言論への証言」（『現代の眼』第六巻第一一号　一九六五・一一）

第二章 『私は生きる』 ——「私」の〈涙〉——

はじめに

『私は生きる』（初出『日本小説』一九四七・一二）は平林たい子の戦時中の闘病の経験を描いた戦後の自伝的小説群の一つで、『かういふ女』（初出『展望』一九四六・一〇）の続編とされている。人民戦線事件後、夫の小堀甚二は捕えられ、たい子も参考召喚され、一九三八（昭一三）年の八月まで検挙生活を送った。その間に体調を崩し、釈放された後すぐ入院する。以上の経験が『かういふ女』に反映されている。その後、一九三九（昭一四）年九月に退院し、借家へ移動する。一九四〇（昭一五）年に釈放されて来た甚二は、たい子を看病すると同時に、自宅でドイツ語の医書の翻訳業に専念するようになる。[1]本テクストは、この時の体験を題材にしたものである。以上のことを考えると、テクスト内時間は一九三九（昭一四）年から一九四〇（昭一五）年と推察することができるだろう。テクストでは、酷い病気のため入院し、その後退院し、自宅療養中である「私」と、妻を全力で看病する夫の様子が描かれている。

先行研究では、「私」について、長谷川啓氏の「凄まじい生きたがり屋」、「しもの世話をしてもらいつつ、夫の性的欲求の気配には冷たく拒否してしまう妻の強さと酷さ」[2]という指摘や、中山和子氏の「やみがたい自己拡充と生の欲望は、稀な献身を夫に要求しながら、それを当然の権利と化している」[3]という捉え方がなされ、「私」のエゴイズムや夫の犠牲が強調されて来たと言える。しかし、近年、外村彰氏が「現代にも通ずる介護がテーマとなった小説」[4]とし、「生命の維持を第一義として闘う妻の夫への哀切な情念が表されている」という「私」の夫に対する気持ちについて新たな読みを示したが、指摘に留まっている観がある。

これまで着目されて来なかったが、本テクストにおいては〈涙〉を流す場面が多数見られる。本章では、「私」の〈涙〉を軸とし、夫の不在、夫による介護、それに伴う交感を分析することで、先行研究で指摘されてきたような生命に執着するがゆえのエゴイズムだけではない「私」の内実を明らかにすることを目的とする。

1　夫の不在

戦時下、「私」は腹膜炎にかかり、入院していた。「私」の入院中の病状については『かういふ女』で詳しく描写されているが、本テクストでも「私」は「燃え切れそうな生命の糸を辛くも燃えついで、もう消えるか、もう消えるか」と回想している。「私」は生死の境をさまよっている状態におり、「私」の病気は凄まじいものであった。私は「人の手で着物をきせて貰ったり抱き上げられたりして」、通常の簡単な日課でも自分でこなすことのできない「大きい人形のように他愛なくなっていた」。また、「抱え上げても首が据わらないので片手で支えていなければならなかった」とある。「私」の入院中の闘病の様子について『かういふ女』の描写をみていきたい。「私」は日に三度の食事を「三度の戦い」と考え、「片手には嘔吐物を受けるコップをもち」、「吐くそばから吐いた分位ずつ嚙まずに呑み込」んでいた。「私」は夜中にふと目が覚めると「腕の脈にさわり」、脈を数えることで自分が生きているかどうかを自ら確認し、「心臓が正確に働いていること」に感謝する。「私」は焦っており、死に対する恐怖を抱いていた。

「医者と看護婦とを相手に二言か三言喋るよりほか口を利く相手もなく、一時間でも二時間でも病気を見つめる気持を引き離そう」とあるように、「私」は一人で病気と闘っており、孤独であったことがわかる。「私」の孤独感は同室の女の患者とその夫の姿に自分たち夫婦の姿を重ねる場面ではっきり読み取れる。「私」は「愛情を派手に使い散ら」す夫婦をみて、夫のことを思い出し、「心が貧しく萎んでくるような物足りなさ」を感じる。「彼の心と重い鎖でつなぎ合わされた自分の心」とあるように、「私」は思想犯で検挙され、離れている夫のことを思い悲しむ。夫の不在に孤独を感じることは『私は生きる』において〈涙〉として形象化されている。夫がそばにおらず、一人で病気と立ち向かっていた頃、「私」は「背の肉が落ちて床に擢れる背の痛みに悩みつづけていた」。ある日、留置場にいる夫が夢に現れた。

「背中の痛い所へは綿を当てて貰え」

と言っただけで溶けやすい真昼の淡夢はさめた。

床擢れには熱がこもるので、かえって綿は悪いということになっていた。しかし、今まで病人に全く縁のない夫が夢枕に立っても尚その無知を現しているのが私にはむしろなつかしかった。私はたわいない涙を流して看病人に夢の話をしてきかせた。

「私」にとって遠く離れている夫が夢に現れたことは「なつかし」く、「私」は「たわいない涙」を流すのだ。私の〈涙〉は夫と離れ離れにおり、一人で病気と闘っていることへの孤独感、また、遠く離れている夫が自分のことを心配していることに対する嬉しさの気持ちを表していると言える。それと同時に、留置場にいる夫も、病院にいる自分も、苦しい状況におり、離れて生活しているという自分達夫婦の苦しい結びつき方に対する悲しみなど、複雑な感情を表しているのではないか。

「私」が退院する時がやってきた。退院した後の「私」の闘病に対する考え方は入院中と変わっていく。「私」は自分を「病気の英雄」と呼び、「病気三昧でいいのよ」と捉えるようになる。「私」は病気に埋没していき、入院中と比べると、病気に必死に抵抗するというよりも、どこか心に余裕を持つようになる。同じ病人であるにも拘わらず、「私」の病気に対する考え方が異なる原因は何であろうか。「私」の入院中、留置場にいた夫が「保釈」され、「とうとう私の所にかえって来る」のだ。夫の存在の有無が、「私」の入院中と退院後の闘病に対する考え方を大きく左右させているのではないか。「私」を支えるのは夫だったのだ。夫がそばにいることで「私」の気持ちにゆとりが見られるようになる。「私」が求めていたものは夫だったのだ。

夫は「私」を介護した。「私」は夫に「粥を煮させ、髪を結わせ便器をとらせ」、「赤児のよう」に自分の力で何もできず、ことあるたびに夫を頼らなければならない守られるべき存在となっていったのだ。一方夫は、次第に介護の熟達者となっていく側面を、他の看病人との関係を通してみてみたい。

「そもそもの夫は人の雇主というものにはなり慣れ」ず、「雇った人には弱気に対する人だった」。夫が、「桃色ダリアを三本買ってきて私の枕元にさす」と、看病人である身寄りの娘はダリア一本を勝手に奪ってしまうのだが、夫はそれを見て「二本の生花っておかしいって病人が言っているぜ」としか言えないのだった。それだけでなく身寄りの娘は、「病人が贅沢をするのは不公平だという建前」から、「私」に「肉をたべさせるときには自分も肉を食べ」、「私」が「卵をたべる数に近く卵を食べ」ていた。しかし、「弱気」な夫はそんな身寄り娘に「少し金がかかりすぎるね」位しか言えなかった。

しかし、身寄りの娘に代わって家政婦のおとめさんを雇い出した頃には、夫は「実際の必要からもう大分変わっていた」。夫はおとめさんが「私」のために作った食事の塩分について批判したり、薬を呑ませる吸呑の湯の熱さぬるさについて指示を与えたり、注意するようになる。夫は長く従事してきた「私」の介護によって、変化し、介護に対する考えや配慮が深くなってきた。先に見てきたように、以前の看病人に「少し金がかかりすぎるね」としか言えなかった夫が「食物なども思い切り切りつめる」ことをおとめさんに要求する。夫とおとめさんの「二人のお菜代は削られて、その搾り粕が二人の食卓にのる」ようになるが、夫は「まずいまずい。まるで雪駄の裏だ」と言いつつも、「少しも不愉快そうではなく、むしろ、私のためにその不味さをたのしんでいるような響き」だった。さらに、夫は自分の食費を削る一方で、「私」に高価であるはずの「肉汁」を飲ませることにする。戦前の牛肉のイメージについて、作家の早乙女貢氏は「戦前の一般的な栄養知識では、牛でも豚でも、アブラ身が、エネルギーの源と信じられていたから、豚肉の方が安くて栄養があって牛肉のヒレのステーキなど、見栄っぱりで、カスを食っているようなものだといわれた。ライスカレーといえば豚肉が主流だったのだ[5]」と語っていることから、戦前の日本においても牛肉は高価なもので、一般的に食べるのは牛ではなく豚であったことがわかる。百グラムの牛肉は、一九三七(昭一二)年に四一銭で、一九四四(昭一九)年には四六銭[6]である。この価格を当時の百グラムの白米の値段(三銭三五厘)と比較してみると、牛肉は白米の十倍も高いことがわかる。つまり、当時において相当高価な食べ物であったと言える。夫は自分の食事を切り詰めてでも、高価な食べ物を私に与えようと思ったことから、やはり夫は「私」を介護することに必死だったと言えるのではないか。

戦時下の家庭介護について「さまざまな衛生用品を常備していなければならなかった。都会の中流以上の家庭では定番の体温計・氷枕・氷嚢・吸入器・浣腸器をはじめとして、かなり高水準の衛生用具を常備していた[7]」とあり、衛生が第一に求められたことがわかる。しかし、「私」たち夫婦の住まいは、「郊外の邸町が終って細民街がはじまる所に以前俥宿だった」ような「汚い二階屋」だった。衛生が求められる家庭介護の条件を十分に満たしていたとは言えない。不適切な環境の中でも夫は、「私」を一所懸命に介護したのだ。

自己の限界まで尽くす夫に対して、さらに「私」は会社に「電話をかけさせて心臓の急を訴え早退の連続で」、「馘になる結果に陥れた」。夫は何故自分を犠牲にしてまで介護に献身的だったのだろうか。まず「私」の病気の背景について『かういふ女』で確認したい。「私」は昔、検挙された夫を一所懸命に助けようとしたのだ。夫は検挙されようとした時、逃亡してしまい、それをかばう妻の「私」が代りに検挙され、残酷な取調べを受けることになった。「私」の取調べは「係官の調べは、面も向けられない激しさだった」。「朝の六時頃から夜の十二時まで、夫の行方を追究する訊問が入り代り立ち代りつづけられ」、「殴られたこともあった」。「私」は「捨て置かれたまま、やがてだんだん烈しい咳をするようになっていった。そしてやがて病みついてしまった」。「私」は心身ともに負担を受け、夫を必死で助けていく過程において病気に陥ったことがわかる。「私」は夫を思いやる妻であり、夫のために犠牲になったのだ。夫はおとめさんが結婚する日が大安の日だと聞いて「大安か——大安は結婚する日なのか」と、「大安は結婚の日だと知らなかった」という。なぜなら、「大安」と言っただけで夫の胸には自分の思いで八潮の色に染めた留置場の切ない思いが甦ってくる筈であった」。夫の「切ない思い」とは、昔夫が留置場におり、「私」が入院中の頃のことである。入院中の「妻の命にとって」どういう日が「良い日なのか悪い日なのか分から」ず、その日その日の「神秘的な個性」に頼る外仕方がなかったのだ。夫は「三りんぼ（ママ）だ」と聞くと「ひそかに沈んだ」。また、「先勝」の日だと言われると、夫は「午前だけは私の生命が保証されたような気がして心が軽かったが、午後になると午前中の分も加えた憂いでやっぱり沈んだ」。夫は、「自分の身に嬉しいことがあった日」に、「私」の病状の「凶報をきくことが多かった」。夫は「私」の病状が何より気掛かりであり、心配するのだった。それは、自分を思いやり、助けてくれた妻を留置場にいる自分は助けることができないという辛さでもあった。現在の夫はかつての妻の犠牲に対する恩返しと、贖罪の気持ちから介護に一所懸命であると言える。

「私」は入院中、夫を必要とし、夫の不在に孤独を感じ、〈涙〉を流したのだ。しかし、退院した後の「私」を支えたのは夫であった。夫は全力を尽くし、経済的に厳しい状況の中「私」に高価な食べ物を与え、自分を犠牲にして介護をしたのだ。しかし、それを先行小説『かういふ女』と地続きで見れば、単に夫の犠牲とのみは捉えることができない。夫の介護の背後にかつて自分を思いやった妻への愛情や贖罪の気持ちがあることを見逃すことができないのではないだろうか。

2　夫婦間の緊張

1で見たように夫は私の介護のために会社を辞めることになるが、生活を支えるために働き続けなければならなかった。今度は家で翻訳の仕事をすることを選択するが、夫にとって家で仕事することも容易なことではなかった。家で机仕事をする時でも、「私」に「灯を暗く」するように言われ、我慢して「電気スタンドを風呂敷で掩って、その下で」仕事を続ける。すると、光に耐えられなかった「私」は「もっと暗くして」と頼むが、夫が「そんなに暗くしたら、字はかけないじゃないか！これが飯の種なんだぞ」ととうとう「憤り出し」てしまう。献身的な夫が初めて憤り、声を荒げた瞬間である。夫婦間の緊張が始まる。

「暗くするだけならまだしもだった」が、「私」は時々「動く人間というものさえ神経に支えきれなく」なっていた。「三十分ばかり外に出ていて」と「私」は言い始めるようになるが、献身的な夫も「神様じゃない」ので二人の間に起こる緊張感がますます高まるのだった。そして、「私」の我儘な態度が衝突を引き起こした。「私」は夏真昼に「暑寒い！」と言うような気難しい病人となっていくと、夫は「私」の「そういう神経を叱りながらも暑い寒さ、寒い暑さ、と心の中で」繰り返しながら、その感覚を一所懸命理解しようとするのだった。「暑さの中には寒さがあるわ。暑ければ暑いほど寒いじゃないの。そんなことがわからないのかしら」と、「私」は「自分の感覚をどこまでも主張」し続けるので、夫は仕方なく、汗を流したり、手拭で拭いたりして仕事机に向うほかなかった。寒い真冬にも同じようなことがあった。夫はペンを走らせており、時々「手をあぶったり手を吹いたりしてかじかむのを温める」。「含嗽鑵に細い針のような氷さえちらちら見える」堪らない寒さの中で、「私」は窓を閉めようとした夫に「息苦しい」と言い出してやはり、自分の感覚ばかり主張するのだった。一方、夫は「病人に逆っても仕方がない」と結局窓を開けるのだった。「一時間に一度位」、「「窓をしめて」「あけて」「汗を拭いて」「布団が重い」と機関銃弾のように注文が連発される」生活の中で、夫は外出さえ許されなくなる。「私」は、「外出を思い立った」夫に「きょうはよして。何だか脈が結滞しているようだ」と外出させなくし、夫を「激しい磁石の様に身のそばへ引きつけて置こう」とする。夫は「私」の「気持に押され」、自由を奪われる。また、外出中でも妻に浸食される。「私」の枕元に「小さい錆びた呼鈴を置いて階下までとどかない呼声の代りに」していたが、それの「チンチンとなる音」は「私」の呼んでいる「肉声以上の肉声として夫の神経にはとくべつ反応するような習慣」になっていた。夫は「道を歩いていても、それと似た音がするとビクッとした」。「私」は夫を「病気の力で征服しつくし」「病気の手下にし」ようとしているのだった。夫は「私」の介護のために会社を「頸になる」だけでなく、自由さえ奪われてしまうが、それでも我慢し、一所懸命に「私」を介護する。しかし、時には「私」の我儘過剰な態度に憤り出し、夫婦の間に緊張が起こるのだった。

以上のように「私」には、我儘で夫に対する思いやりが全くないように見える。しかし、入院中夫の不在に〈涙〉していた「私」は、夫に介護を受ける際にも〈涙〉を流している。「私」の〈涙〉の裏に隠された感情についてみていきたい。「私」の我儘に対し、夫から「俺に気の毒だという気持は起こらないのか」と言われると、「起こらないわ」と答え、夫は「起こらないって!それは何故だ」と問うた。

「貴方には気の毒だけれどもね、人は病気にかかったら直す権利があるんだわ。仕方ないわ…」

涙はこの言葉の伴奏としてばらばらと落葉のように落ち散った。

「私」の〈涙〉にどのような意味があるのだろうか。「私」の〈涙〉は「言葉の伴奏として」流れているので、「私」の「言葉」を注意深くみていく必要がある。「私」は夫の助けなしに生きていくことができない身であり、病気を治したい自分にとって、それは「仕方ない」こととする。「私」は生命に執着するがゆえに、我儘になっている。しかし、「私」は必死で介護している夫が「気の毒」だと承知しており、「私」の心の中に生命への欲求と夫への思いの葛藤が起こっているのではないか。「私」の〈涙〉には夫に対する同情の気持ち、申し訳ないという気持ち、全面的に夫に頼っており、病気であるがゆえのひけ目の気持ちが示されている。先行研究で指摘されているように「私」には我儘な一面があるのだが、その根底には様々な感情が流れているのではないだろうか。「私」の気持ちの葛藤は以下の場面にも見られる。

その夕暮、夫は傾いた青蚊帳の吊手をもって鴨居も釘を仰ぎながら四すみを回った。蚊の唸りが悲しい歌のようにきこえていた。

「また、貴方に蚊帳を吊って貰うのね」

そういう私の目には、体全体から沁み出して来たような弾力のない涙があった。

「また貴方に蚊帳を吊って貰うのね」という言葉からは、夫に蚊帳を吊らせることは今まで幾度となくやらせてきた動作だったと言える。「体全体から沁み出して来たような弾力のない涙」とあるように、抑え切れない感情が溢れ出て、「私」は力ない〈涙〉を流すのである。毎日朝から晩まで、一日の最後の最後まで夫に様々なことをやらせることに対する申し訳ない気持ちが窺われる。やはり「私」は夫に「気の毒」だという気持ちを持っていたのだ。

「私」は「蚊帳を吊ってもらう」だけでなく、便器を取らせるというしもの世話まで「もう何百遍となく」夫にして貰った。便器を「腰の下にあてがって用事のすむのを待ってから柔かい紙で浄めて持ち去る」のを「私」は「赤児のように体半分を夫の前にさらして、無心」にして貰ってきた。「私」にとって夫にしもの世話をやってもらうことは辛かっただろう。そして、この晩は、夫が「もぐもぐと蚊帳に這い込もう」としていたのを見て性交が求められる「警戒を感」じた。用事が終わっても夫は、便器を外そうともせず、「私」の「両股のあたり」を「異常な目つきで凝視」していた。それは幾度か経験したことのある「苦い沈黙」、また夫の背を撫でてでもやるべき「悲しい一時」でもあった。しかし、「私」には葛藤があった。「私」は夫が「一日でも半日でも私を離れて」いることを「どの位か嫌い悲しんで激しい磁石の様に身のそばへ引きつけて置こうとしていながら夫の顔や体がある距離以上近よって来るだけでさえ息苦しがって汗を出した」。病気であるゆえ、「私」には「接吻は海女が潜水している間のような苦しい時間」であり、それだけでなく、夫が「一寸抱いてやろうかと冗談を言うだけにさえ身も世もない激しさで拒絶して来た」。性交をすることは「私」にとって生命の危機に係わることだった。「蚊帳に這い込もう」とし、「便器を外そう」としない夫の行為から「私」は、夫の性的欲求を連想し、「別に蚊帳を吊ってね」と夫の性的欲求を拒絶するのだ。

「私」と夫の性については、四〇歳の処女であるおとめさんへの反応を通しても見ることができる。夫に「四〇歳の処女って恥なのか」「名誉なのか」と言われると、「私」は違和感を持ち、夫の「興味がそんな方へはしるのを何となく好まなかった」。「私」は、夫がおとめさんに興味を抱くのは、妻に性交を拒絶された欲求不満に起因していると考えたのではないだろうか。性的関係にまつわる二人の間の緊張はやはりぬぐえないのだった。夫がおとめさんの四〇歳の処女を「厚い壁の様に途方もなく恐れているのが少し見当ちがいの感覚としていかにも受け取れた」[8]とある。私が夫に嫌悪感を抱いたのは、女の処女膜を重視するような男性本意の性規範に疑問を抱いたからなのではないだろうか。夫婦の性行為において、男である夫に主導権があることに「私」は苦しんでいると言える。そして、夫の性的欲求を拒絶する「私」は夫に「俺は神様じゃないんだぞ。一体お前の考えでは俺はどうすればよいと思うか」と言われると、「…仕方がないわ。生きたいもの」と、この時もやはり〈涙〉を流す。先に見たように、「私」にとって性交することが苦痛だった。先行研究では、夫の性的欲求を冷たく拒否する「私」の態度は「強さ」や「酷さ」と指摘された。しかし、「私」の〈涙〉をみていけば、「強さ」ではなく、寧ろ夫にしもの世話までしてもらう弱い立場にいる「弱さ」の裏返しととるべきではないだろうか。その〈涙〉には、欲求不満に起因する夫のおとめさんへの興味に対する嫌悪の気持が込められていると言える。また、「夫の背を撫でてでもやるべき悲しい一時」とあるように夫の性的欲求に応えられない悲しさ、夫に対する申し訳ない気持ちや夫に対する同情、やはり複雑な感情が隠されている。

「私」には表面に表れている生命に執着するがゆえのエゴイズムはあるのだが、その裏には気持ちの葛藤が隠されている。〈涙〉を流す動作を検証することによって、「私」の気持ちの葛藤がより明らかになる。「私」の〈涙〉には、夫に対する申し訳ない気持ち、同情の気持ち、ひけ目の気持ち、嫌悪感といった様々な思い、また悲しみや弱さなど複雑な感情が見られるのではないだろうか。「私」の態度を単に「我儘」、「強さ」や「酷さ」だけで片付けることができないだろう。

3　夫婦の絆

先にみたように、夫との対立により、「私」は〈涙〉を流すのだった。しかし、「私」は夫と「二人きりになるのを喜ぶだけで、そのほかには何の思慮もなかった」とある。おとめさんが嫁に行ってしまうと、「私」と夫は「二人きり」の生活に戻ることになる。しかし、おとめさんがいなくなると、すぐに「夫の肩にかかってくる日常のこまごました仕事があった」。夫はそのことに「色々と思慮をめぐらし」諦めず、介護を続けるのだった。だが、「昼間便器や粥にとられる仕事の時間は夜更けに補うことになるので、夜更かしはだんだんひどくなって行くばかりだった」。

「ねえ、灯暗くしてよ」

を相変わらず私は繰返していたが、それは、何とか体に悪い夜更けの仕事を妨害する一策とも変わっているのだった。

「私」は以前同様に、灯を暗くするように言うのだが、その意図は以前と変わっていた。以前の「私」は光に耐えられず、生きたいがゆえに我儘になっており、自分のことしか考えていなかった。しかし、現在の「私」は夜更けまで仕事をする夫に配慮し、心配するようになっていた。それは看病人がいなくなり、家事や「私」の介護が全て肩にかかることで、昼間仕事をする時間がなくなり、夜更けまで仕事をする夫の「体に悪い」と思ったからであった。ただし、「私」は夫を心配することを表面に示さず、「体に悪い」から消して、と率直に言うのではなく、以前と同様に強がって言うのだ。それは表面上弱いところを見せない「私」の性格を表すと共に、率直に言えば夫は灯を消さないことを見越した「私」の夫に対する思いやりを現すのではないか。ここから「私」の夫への愛情が読み取れ、介護を通して「私」と夫の絆が深くなっていたと言える。

「私」の介護や夜更けの仕事により、とうとう衝撃的な事件が起こった。

ある晩、夫は辞書に虫目鏡を当てていた顔を上げて、

「おい一寸、今電灯は何か変わっているかい」と訊いた。

「何も変わっていないわ」

「変だな。光の芯にだけ光が見えないいんだよ。」

「おかしいわね――」

とその晩は言っただけだったが、翌日になると買物からかえって来て、

「僕は変だぞ。時々物が見えなくなるんだ。大変なことだ。飯の食い上げだ」

「だって、見た所は何でもないわ。どうしたんでしょう」と早や私は泣いていた。


自分の食費を切りつめ、それを「私」の看病に使ってきた夫はいよいよ栄養失調で目が悪くなってしまう。夫に「光の芯にだけ光が見えない」と言われると、「私」は「おかしいわね」と答え、そんなに気にしないのだが、その翌日「時々物が見えなくなる」という発言に「私」は驚愕し、〈涙〉を流す。自分の介護のために夫が視力まで失うことは「私」には衝撃的であったのではないか。「私」の今までの〈涙〉は色々な感情が溜まって時々出るものだったのだが、この時の〈涙〉はショックを受けることで、突然溢れ出した。「私」は夫が目が見えなくなることを心配するのだが、夫は自分の目のことより「飯の食いあげだ」とあるように、生活の手段が失われることを心配していた。「私」の〈涙〉には、夫が眼疾にかかってしまったことに対する悲しみの感情が込められていたと言える。泣く理由についてはウィリアム・H・フレイⅡ著・石井清子訳『涙――人はなぜ泣くのか』(9)によれば、「いろいろな理由――これには、すべてある種のストレスがともなう――が涙を流す原因となる。女性が泣く八百のケースのうち、大部分（四〇パーセント）は人間関係（口論、結婚、恋愛など）がその発端となっている。その他の原因は二七パーセントがマスコミ（TV、映画、本など）によるもので、六パーセントは悲しいことを考えたとき、一パーセントは肉体的苦

痛で、その他が二六パーセント」とある。「驚くにはあたらないが、悲しみが涙の第一の原因であり、男女ともほとんど五〇パーセントを占めている」[10]とあるように、悲しみが〈涙〉の第一の原因とされている。「私」の場合は、夫との関係から発するもので、夫の眼疾に対する悲しみが原因だったのだ。

夫は「仕事をすれば盲になってしまう」と言われるのだが、それでもやはり「一枚いくらの仕事をやめるわけには行かなかった」。「何度目かの寒い冬がまたやって来て、夫は寒い窓で手を吹きながら辞書の頁を繰っていた」。夫は生活の手段と「私」の介護にかかるお金という切実さに追い詰められ、仕事を続けるより外仕方がなかった。「そのうちに、何かいい事があるだろうよと、いうのが、この頃二人の漠然と言い合う慰めだった」とあるように、「私」と夫との間に以前のような対立がなくなり、夫婦関係はお互いを慰め合う関係へと深化していく。また、夫はその頃裁判がすすんで、色々な書類が書留で郵送されて来ることが多かった。郵便屋の声をききつけて、右隣の家で「あの家にはよくお金を送ってくるのに家にはどこからも来ない」「お前の里なぞ何の力にもならない」と夫婦喧嘩になるのだった。その話を聞いて「私」と夫は「顔を見合わせて笑った」。2で見てきたように、夫婦の間には対立ばかり起こっており、「私」が〈涙〉を流し、夫が憤っていたのだ。夫婦を取り巻く状況は前より深刻になっていたのだが、それでも二人が笑えるのは対立がなくなり、二人はお互いを理解し合う夫婦へと変わっていたからなのではないか。むしろ、状況が酷くなったからこそ協力して二人で立ち向かおうと思い、お互いを思いやるようになったからだと言える。ここからも夫婦関係の深化が読み取れるのではないか。

しかし、必死で頑張ろうとしていた夫はいよいよ仕事を中止することになる。以下はテクストの末尾部分である。

「とても目が見えなくなった。仕事は一時中止するほかない――」

とある晩、夫は言いながらガラとペンを置いて絶望的に床へ入った。そして、赤児を扱うように私のふとんを

直しながら、

「俺の目はこんなになったが、お前は生かしてやるぞ。生きたいか。この生きたがり屋！」

「うんうん」

と私はうなずいて、やっぱりもう涙を出していた。

「目が見えなく」なり、夫は仕事を「一時中止するほか」なかった。介護者の健康については、「家族介護者が介護を続けるためには健康でなければならない(11)」と言われるが、夫は「とても目が見えなく」なり、「絶望的」になっても、やはり「赤児を扱うよう」に「私」のふとんを直しながら、「お前は生かしてやる」と介護を続けようとする。「私」はまた「涙を出して」いたのだが、「私」のこの時の〈涙〉は今までの〈涙〉と異質であると言える。「私」の以前の〈涙〉には夫の自由を奪ってしまうことに対する同情の気持ち、夫に様々なことをやらせることに対する申し訳ないという気持ち、また、病気であるゆえのひけ目が示されていた。夫の性的欲求に答えられず、夫を可哀想と思う気持ちや、欲求不満に起因する夫のおとめさんへの興味に対する嫌悪感があったのだが、ここに至ってその全ての〈涙〉が集約されている。「お前は生かしてやるぞ」という夫の言葉に目が悪くなっても介護をしたいという気持ちが読み取れる。それは「私」と夫との絆が深くなってきたからなのではないか。テクストは「私」が〈涙〉を流す場面で閉じられるのだが、「私」の最後の〈涙〉には、夫が自分の目ではなく「私」の介護のことを心配することに対する感動、目が悪くなっても介護をしたいという夫への感謝の気持ち、二人の関係が改善したことや夫と二人きりの生活に戻ったことへの喜びなど、複雑な気持ちが込められていたのではないだろうか。「私」の生きる意力は夫の介護によって支えられているとも言える。

〈涙〉を通してみれば、「私」の夫への様々な思いを見出すことができる。「私」の〈涙〉を流す動作には、自分の介護のために夫が眼疾にかかったことに対する悲しみ、目が悪くなっても介護をしたい夫の気持ちへの嬉しさ、喜び、感動や感謝という複雑な感情が浮彫りにされているのではないだろうか。テクストは「私」と夫が二人きりの生活に戻るところで閉じられるが、二人の間にあった対立や緊張感がいよいよ慰め合う関係へと深化し、夫婦の絆が深くなっていくのだ。「私」は夫と二人きりの生活を喜び、結局二人で生きていく。「私」と夫の夫婦関係は、表面に見えている「私」の我儘と夫の犠牲という先行研究で言われている一方的なものではなく、その裏にはお互いに深い思いや絆があり、その絆は介護を通して育まれたものである。

おわりに

本テクストを〈涙〉を軸に分析すれば、これまで指摘されてきた「私」のエゴイズム、「強さ」や「酷さ」とは異なった側面が見出せる。「私」には生命に執着するがゆえのエゴイズムがあるのだが、〈涙〉を通してみると、その裏には生命への欲求と必死で介護する夫への思いの間で葛藤が起こっていることが明らかになる。苛酷な病で入院中の「私」は夫の不在に〈涙〉を流し、退院後夫に介護を受ける際にも〈涙〉を流す。「私」の〈涙〉には献身的に介護する夫に対する同情の気持ち、申し訳ないという気持ち、また全面的に夫に頼らざるを得ず、病気であるがゆえのひけ目や悲しさがある。問題とされた性交拒否について、「私」は嫌悪感を抱いていることは間違いないが、それは男性中心の性規範に対する抵抗感であり、生命の危機があったからである。また、夫が自己を犠牲として介護したことについて、私の「酷さ」が強調されてきたが、夫の介護の背後にかつて自分を思いやった妻への愛情や贖罪の気持ちを見逃すことはできない。

テクストは「私」と夫が二人きりの生活に戻ったところで閉じられるが、介護を通して夫婦間の対立がなくなり、二人の関係は、理解し合い、お互いを思いやる関係へと変化し、二人の絆が深くなっていく。末尾の場面の「私」の〈涙〉には、目が悪くなっても介護をしたいという夫の思いに対する嬉しさ、感動、感謝や喜びがある。「私」と夫の夫婦関係は、表面に見える「私」の我儘と夫の犠牲という先行研究で言われている一方的なものではなく、その裏にはお互いに深い思いや絆があり、その絆は介護を通して育まれたものであると言える。

前述したように本テクストはたい子の自伝的小説ではあるが、介護する側と高齢者や重い病にかかる患者など介護される側の思いと重なる側面が多々みられる。たい子個人の体験に留まらず、普遍的テーマを照らし出しているといえる。介護をめぐる様々な問題が指摘される今日的視点から見ても、意義深いテクストと言えよう。

注

（1）阿部浪子「平林たい子年譜」（『平林たい子全集』第一二巻　潮出版　一九七九・九）を参照した。
（2）「平林たい子——反逆する文体」（『國文學』　一九九二・一一）
（3）「私は生きる他」（『平林たい子』新典社　一九九九・三）
（4）「私は生きる——便器の世話をする夫」（『昭和の結婚小説』おうふう　二〇〇六・九）
（5）朝日新聞社編『値段の明治・大正・昭和風俗史』（朝日新聞社　一九八一・一）
（6）注（5）に同じ。
（7）小泉和子『家で病気を治した時代——昭和の家庭看護』（農山漁村文化協会　二〇〇八・二）
（8）家父長制のもとで血統・家系が重視され、性交経験のない純潔・純血の状態を肉体的にも精神的にも汚れのない処女とする観念が形成されて、女性の結婚条件となった。井上輝子他編『岩波 女性学事典』（岩波書店　二〇〇二・六）
（9）日本教文社　一九九〇・七

（10）注（9）に同じ。
（11）糸川嘉則総編集『看護・介護・福祉の百科事典』（朝倉書店　二〇〇八・六）

あとがき

本書は、平林たい子文学における社会主義と女性をめぐる表象について、「社会問題への目覚め」、「社会運動内部での葛藤」、「社会運動内部にみる問題点と可能性」、「社会主義からの越境」という四点を軸に検証してきたものである。

先行研究において絶えず指摘されてきた女たちの「強靭な生命力」、「過剰せる活力」や「たくましさ」は、作者のイメージに対する先入観に囚われた見方によるものであった。主人公は表面上、強く闘っている女性に見えるが、根底には様々な感情を内包している。それらの感情は、ほとんどの小説の中に〈涙〉の形でも表現されたりしている。従来の論では、たい子や描かれた主人公たちの〈笑い〉については触れられてきたが、〈涙〉に関しては等閑視された。しかし、女たちの内実を明らかにする上で大事な要素だと考えた。たい子文学の主人公たちは、社会運動家としての側面、妻としての側面、母としての側面、娘としての側面、人を思いやる側面や人に依存する側面など、多面性を帯びている人物たちである。かつてたい子の女たちは「通常の女の枠をはるかに超えるもの」と特別視されたが、女たちは「通常の女」同様にあらゆる感情を抱いていることを明らかにした。

そもそもたい子が描いた女性たちにはどうして強さが際立つのだろうか。その原因は時代背景や描き方にあると言える。戦前の昭和という時代は、天皇制国家のもとで封建的家父長制度が存在し、男女には社会的権利に大きな差があり、女性の自由を阻害する厳しい時代であった。それは社会一般だけでなく、社会運動の中でも男権主義が存在し、平等の社会を目指していた男性運動家でさえも女性に対しては保守的な考え方を持っていた。社会主義は男女平等を達成するための手段だと信じて、運動に邁進していた女性たちは結局性差別の対象となってしまった。そのような時代に、たい子文学は、自分の権利のために強く生きることを同時代の女性に訴えていたといえよう。また、運動への気概に乏しい男性に対し、女性は堂々と行動し成長していくことが多くの小説に描きこまれていることから、女性に社会変革をもたらす可能性を見ていると言える。これはたい子文学の特徴として捉えられる。しかし、女性の強さは全般的に否定視される時代であったことが、かつて評価されなかった原因の一つとなったのではないだろうか。

たい子文学のもう一つの大きな特徴として挙げられるのは、同時代の社会運動内部における問題点を描き出すという立場から社会運動や思想を取り締まる国家権力への批判は当然なのだが、組織に属していながらも、組織内部における問題点を描くということは、他のプロレタリア作家にはなかなか見出せない優れている点だと言える。たい子は一九三〇（昭五）年に文芸戦線派を脱退するのだが、『非幹部派の日記』はその前年に発表されている。従って、たい子は組織を離れる前からただ運動に追随するのではなく、その問題点をよく認識し、作品化している。（『非幹部派の日記』、『プロレタリヤの星——悲しき愛情』、『プロレタリヤの女』）

また、たい子の戦前の小説における権力にかかわる描写は一貫しており、国家権力の手先の象徴として登場する人物たちは、非人間的な人物として描かれているが、戦後の小説では、残酷な元特高も、人間らしく描写されている。このように、戦前の権力と闘う立場からの執筆と、戦後政治的課題から解放され自由な目を持って創作活動を進めた場合の人間へのまなざしは、大きく変化している。この人間表象の転換は、きわめて重要であろう。

たい子は半世紀以上にわたる作家活動の中で、プロレタリア作家として社会問題や政治問題に目を向けるだけでなく、男性作家の視野に入らない、資本主義社会の底辺に生きる女性の直面するあらゆる問題に切り込み、女たちの苦しみや悲しみをきわめて詳細に描写し、女性作家ならではの鋭い観察眼を見せた。そういう意味では、文学史におけるたい子の存在を見過ごしてはならず、その文学世界を再検討することは大事な課題であろう。

本書は、二〇一四（平二六）年に日本女子大学に提出した博士論文『平林たい子論――社会主義と女性をめぐる表象の多様性と転換――』をもとに作成したものである。論文の審査をしてくださった日本女子大学の山口俊雄先生、岩淵（倉田）宏子先生（名誉教授）、三神和子先生、渡部麻実先生、千葉工業大学の竹内栄美子先生に、心より御礼を申し上げたい。

私は、インドのデリー大学大学院東アジア研究科（当時、中国日本研究科）日本語・日本文学専攻修士課程在学中から平林たい子を研究してきた。インドでは、日本文学研究はあまり盛んではなく、資料も非常に少なく、研究に適した環境ではなかった。日本文学研究を本格的に深めるために、日本へ留学することを決め、国費留学生として日本女子大学大学院文学研究科日本文学専攻の博士課程前期および後期に進学した。日本女子大学では、とても良い環境に恵まれ、源五郎先生（名誉教授）をはじめ先生方の懇切丁寧なご指導のおかげで、自分の研究を着実に進めることができた。特に、指導教授の岩淵宏子先生には公私共々本当に暖かくご指導いただいた。岩淵先生に出会わなかったら、日本で研究を続け、博士論文を提出することはできなかったと思う。長年にわたって、お世話になった岩淵先生に言葉では表せないぐらい感謝申し上げている。また、チューターであり友人でもある近藤華子さんからは、私の留学生活および研究活動に対して惜しみない支援をいただいた。この場をお借りして心よりお礼を申し述べたい。他にも、親切にしてくださった友人たち、先輩方、インドと日本の両国においてお世話になった方々や、遠く離れて寂しい思いをしながらもいつも応援してくれた両親にも謝意を表したい。

研究発表や執筆の機会を与えていただいた日本社会文学会、新・フェミニズム批評の会にも大変お世話になった。また、日本に長年留学し研究だけに集中できたのは、文部科学省、国際交流基金からいただいた奨学金のおかげだった。恵まれた研究環境のなかで研究を継続できたことを大変有難く思う。

なお、本書の刊行は、日本女子大学文学研究科博士論文出版助成金による。今後研究を続けていく上でも大きな励みであり、厚く御礼申し上げたい。

最後に、本書の出版をご快諾くださった翰林書房の今井肇・静江ご両氏には大変お世話になった。深く感謝申し上げる。

二〇一五年五月

グプタ　スウィーティ

初出一覧

第一部　社会問題への目覚め

第一章「『殴る』――闘う女の苦しみ――」（『国文目白』第四九号　二〇一一・二）

第二章「『荷車』――辛抱する女から復讐する女へ」（『国文目白』第五四号　二〇一五・二）

第二部　社会運動内部での葛藤

第一章「『非幹部派の日記』――女性社会運動家の成長――」（『社会文学』第三四号　二〇一一・七）

第二章「『その人と妻』――社会運動家の妻の悩み――」（『日本女子大学大学院文学研究科紀要』第一六号　二〇一〇・三）

第三部　社会運動内部にみる問題点と可能性

第一章「『プロレタリヤの星――悲しき愛情』――社会運動の陥穽」（『国文目白』第五三号　二〇一四・二）

（原題「『プロレタリヤの星――悲しき愛情』――左翼運動の陥穽」）

第二章「『プロレタリヤの女』――社会運動の可能性」（日本女子大学大学院の会『会誌』第三三号　二〇一四・三）

（原題「『プロレタリヤの女』――左翼運動の可能性」）

第四部　社会主義からの越境

第一章「『かういふ女』に見る人間表象の転換――「私」の〈多面性〉――」（『国文目白』第四八号　二〇〇九・二）

第二章「『私は生きる』――「私」の〈涙〉――」（日本女子大学大学院の会『会誌』第二九号　二〇一〇・三）

【著者略歴】

グプタ　スウィーティ

1980年　インド、デリーに生まれる。
2004年　デリー大学大学院東アジア研究科（当時、中国日本研究科）日本語・日本文学専攻修士課程修了。
2014年　日本女子大学大学院文学研究科日本文学専攻博士課程後期修了、博士（文学）取得。
2015年　デリー大学大学院東アジア研究科・国際交流基金ニューデリー日本文化センター非常勤講師。

Sweety Gupta

Born in Delhi, India in 1980.
Received Master`s degree in Japanese Language and Literature from Department of East Asian studies (formerly known as Department of Chinese & Japanese Studies), University of Delhi in 2004.
Received Ph.D. degree in Japanese Literature from Graduate School of Humanities, Japan Women`s University, Japan in 2014.
Currently working as Guest Lecturer in Department of East Asian studies, University of Delhi and The Japan Foundation, New Delhi.

日本女子大学文学研究科博士論文出版助成金による刊行

平林たい子
社会主義と女性をめぐる表象

発行日	2015年 9 月 5 日　初版第一刷
著　者	グプタ　スウィーティ
発行人	今井　肇
発行所	翰林書房
	〒101-0051 東京都千代田区神田神保町2-2
	電 話　(03)6380-9601
	FAX　(03)6380-9602
	http://www.kanrin.co.jp/
	Eメール●Kanrin@nifty.com
装　釘	須藤康子＋島津デザイン事務所
印刷・製本	メデューム

落丁・乱丁本はお取替えいたします

ISBN978-4-87737-385-6